# Wythnos yng Nghymru Fydd

Ar gyfer oedolion sy'n dysgu Cymraeg

ISLWYN FFOWC ELIS
(Talfyriad gan Basil Davies)

Gwasg Gomer
1993

*Argraffiad Cyntaf—1993*

ISBN 1 85902 060 7

*Argraffwyd gan*
*J. D. Lewis a'i Feibion Cyf., Gwasg Gomer, Llandysul, Dyfed.*

# RHAGAIR

Dyma'r bumed nofel yn y gyfres CAM AT Y CEWRI, cyfres sy'n ceisio cyflwyno (*present*) nofelwyr Cymraeg i ddysgwyr.

Rwy'n ddiolchgar iawn i ddysgwyr ledled Cymru am eu croeso brwd i'r pedair nofel gyntaf yn y gyfres, sef *O Law i Law* a *William Jones* (gan T. Rowland Hughes) a *Cysgod y Cryman* ac *Yn Ôl i Leifior* (gan Islwyn Ffowc Elis).

Talfyrrwyd (talfyrru—*to abridge*) y nofel wreiddiol yn sylweddol, ond eto rhaid pwysleisio taw iaith y nofel wreiddiol sydd yma.

Yma a thraw, bu'n rhaid i mi gysylltu (cysylltu—*to join*) rhannau o'r nofel â'm geiriau fy hun a dodais y rheiny mewn cromfachau, e.e. '(Ond) nid oedd hwn wedi lleihau dim ar ein cyfeillgarwch.' 'Pan oedd (Tegid) wrthi'n hwylio te dywedodd, . . .'

Mae 39 o benodau yn y nofel wreiddiol ond 37 o benodau sydd yn y fersiwn dalfyredig (*the abridged version*) oherwydd cyfunwyd Penodau 14 a 15 a Phenodau 24 a 25 (cyfuno—*to combine*).

Pwrpas y nodiadau yw esbonio geiriau/patrymau/berfau mewn ymgais syml i helpu'r darllenydd i ddeall y nofel, heb orfod dibynnu gormod ar eiriadur.

Diolch i'r awdur, Islwyn Ffowc Elis, am ei ganiatâd caredig i dalfyrru'r nofel ac i gyfarwyddwyr (*directors*) a staff Gwasg Gomer am fod mor barod i gyhoeddi'r talfyriad ac am eu gofal wrth argraffu.

Gobeithio y cewch fwynhad wrth ddarllen y fersiwn hon. Ond cofiwch, mae'r fersiwn wreiddiol yn llawer mwy diddorol. Felly, ar ôl darllen y talfyriad, beth am fynd ati i ddarllen y nofel gyflawn?

BASIL DAVIES

# ISLWYN FFOWC ELIS (ganwyd 1924)

Yn Wrecsam y cafodd awdur y nofel hon ei eni, ond cafodd ei fagu yn Nyffryn Ceiriog, Clwyd, heb fod ymhell o Langollen.

Ar ôl gadael Coleg y Brifysgol, Bangor, bu'n weinidog am gyfnod cyn ymuno â'r BBC ym 1956 fel awdur a chynhyrchydd. Rhwng 1963 a 1975 bu'n ddarlithydd yng Ngholeg y Drindod, Caerfyrddin; yn olygydd a chyfieithydd gyda'r Cyngor Llyfrau Cymraeg; yn awdur amser-llawn. Rhwng 1975 a 1988 bu'n Ddarlithydd yn y Gymraeg yng Ngholeg Prifysgol Dewi Sant, Llanbedr Pont Steffan.

Ysgrifennodd gyfrolau o ysgrifau, a storïau byrion ac un ddrama ond rydyn ni'n meddwl amdano'n bennaf (*chiefly*) fel nofelydd ac ysgrifennodd naw nofel rhwng 1953 a 1972. *Cysgod y Cryman* (1953) oedd ei nofel gyntaf, ac yn y blynyddoedd dilynol cyhoeddwyd nofelau adnabyddus eraill ganddo, fel *Yn Ôl i Leifior* (1956), ac *Wythnos yng Nghymru Fydd* (1957).

Am ragor o fanylion amdano darllenwch *Cydymaith i Lenyddiaeth Cymru* (1986).

# BYRFODDAU

h.y.    —hynny yw, *that is*
(G.C.) —gair sy'n cael ei ddefnyddio yng Ngogledd Cymru
(D.C.) —gair sy'n cael ei ddefnyddio yn Ne Cymru

# PENNOD 1

Nid oes neb ar wyneb y blaned hon yn gwybod sut y deuthum i'n genedlaetholwr Cymreig ond fy nghyfaill Tegid a minnau. Yr unig un arall a wyddai'r stori oedd Doctor Heinkel, ond bu ef farw dri mis yn ôl.

Yn ei lythyr ddoe fe ddywedodd Tegid wrthyf ei bod yn ddyletswydd arnaf ysgrifennu'r hanes.

'Cofia,' meddai, 'rhyw ddydd yn y dyfodol, fe fydd y peth a ddigwyddodd i ti yn ddigwyddiad cyffredin ar y ddaear. Ac fe fydd yn werthfawr i haneswyr y dyfodol wybod am yr arbraw cyntaf yn y maes yma a wnaed yng Nghymru. Taro'r hanes ar bapur, 'rhen ddyn, pan gei di hamdden.'

Wel, fe drodd llythyr Tegid y fantol. Er mwyn haneswyr a gwyddonwyr y dyfodol, ac er cof edmygus am Doctor Heinkel mi benderfynais ysgrifennu'r hanes.

Felly, dyma fi yn dechrau yn y dechrau . . .

---

deuthum: h.y. des i
cenedlaetholwr: *nationalist*
a wyddai: a oedd yn gwybod
dyletswydd: *duty*
arbraw: *experiment*

a wnaed: a gafodd ei wneud
Taro: h.y. doda
trodd . . . y fantol: h.y. . . . *tipped the balance*
edmygus: *admiring*

9

## PENNOD 2

Diwrnod braf yn niwedd Mai ydoedd pan gyrhaeddais Gaerdydd
i dreulio pythefnos o wyliau gyda Tegid.

Yr oedd yn byw mewn tŷ digon braf yng nghyffiniau Parc y
Rhath. Yr oedd ef, fel finnau, yn ddibriod, yr un oed, ac yn
gyfeillion ers dyddiau ysgol. Yn wir, yr oeddem yn debyg i'n
gilydd mewn llawer peth. Un gwahaniaeth sylfaenol oedd
rhyngom. Yr oedd Tegid yn aelod selog o'r Blaid, ac yr oedd yn
gas gen i glywed ei henw. Yr oeddwn i wedi rhoi Tegid i fyny fel
penboethyn diedifar, ac yntau wedi fy rhoi innau i fyny fel
imperialydd rhonc.

(Ond) nid oedd hwn wedi lleihau dim ar ein cyfeillgarwch.
Pan gaeai'i ysgol ef dros wyliau'r haf, byddai Tegid yn dod i
fwrw pythefnos neu dair wythnos gyda mi yn Arfon. A phan
gawn innau fy mhythefnos yn rhydd o'r swyddfa bob blwyddyn,
at Tegid yr awn innau i Gaerdydd.

Pan oedd (Tegid) wrthi'n hwylio te dywedodd,

'Mae genny ffrind imi'n dod yma i swper heno. Athro coleg
o'r Almaen. Mi fûm i'n aros efo fo a'i wraig pan oeddwn i
drosodd yno llynedd. Hen foi clên. Mae o drosodd yng Nghaer-
dydd am fis, yn gwneud rhyw waith ymchwil neu'i gilydd...
ffiseg niwclear ydi'i bwnc o yn y coleg ...'

'O, un o'r rheini,' meddwn i, yn estyn at y jam.

'Ie, ond mae o'n fwy o athronydd nag ydi o o wyddonydd. Ac
mae ganddo ddamcaniaeth. Damcaniaeth ynglŷn â natur
amser.'

'O, ia,' meddwn i, yn colli pob diddordeb erbyn hyn.

'Mae o'n dal, wyt ti'n gweld, fod modd i rywun sy'n ddigon
sensitif weld ymlaen i'r dyfodol...'

---

cyffiniau: *outskirts*
sylfaenol: *basic*
selog: brwd
penboethyn: *hothead*
diedifar: *unrepentant*
rhonc: *through and through*
lleihau: *decrease*
bwrw: h.y. treulio, *spend*

A phan gawn: A phan byddwn i'n cael
awn innau: byddwn i'n mynd hefyd
hwylio te: paratoi te
Mi fûm i: Fe fues i
athronydd: *philosopher*
damcaniaeth: *theory*
Mae o'n dal: *he maintains*
modd: ffordd

'Y?' meddwn i.

'Ia, aros am funud. Nid yn unig *gweld* i'r dyfodol, ond *mynd* yno, i bob pwrpas, drwy ddefnyddio'r pedwerydd dimensiwn...'

'Os ydach chi'ch dau'n mynd i drafod petha sychion fel'na,' meddwn i, 'gwell i mi fynd i'r pictiwrs.'

'Beth petawn i'n dweud wrthat ti fod y dyn 'ma wedi *profi*'i ddamcaniaeth?'

'Mae'r bara menyn 'ma'n dda iawn,' meddwn i, yn teimlo bod Tegid yn ynfydu tipyn. Nid oeddwn wedi dod i Gaerdydd i drafod natur amser. Yr oeddwn wedi dod yno i'm mwynhau fy hun. Ac yr oeddwn yn amheus iawn a allai athro coleg o'r Almaen chwanegu llawer at y mwynhad.

---

ynfydu: *becoming mad*
chwanegu: adio

11

# PENNOD 3

Cyrhaeddodd yr Athro tua hanner awr wedi chwech.

'Dyma 'nghyfaill, Ifan Powell,' meddai Tegid wrtho. 'Ifan, dyma Doctor Heinkel.'

Estynnais fy llaw ac estynnodd yntau'i law. Ond cyn i'w law ef gyffwrdd fy llaw i gollyngodd hi drachefn. Edrychodd arnaf fel dyn wedi gweld drychiolaeth.

'*K Eins!*', (meddai).

'Maddeuwch imi, Mr. Powell,' meddai. 'Mi gollais arnaf fy hun am foment. Sut ydych chi?'

Estynnodd ei law eto, a gwasgodd fy llaw i'n gynnes. Eisteddodd ef a minnau o boptu'r tân, ac aeth Tegid i baratoi swper. Holodd Doctor Heinkel fi am fy ngwaith, ac o ble y deuwn, ac am fy rhieni a'm dyddiau ysgol a phob math o bethau.

'Maddeuwch imi eto, Mr. Powell,' meddai. 'Rwy'n rhy chwilfrydig. Ond y ffaith yw eich bod chi'n debyg iawn i rywun gartref yn yr Almaen, rhywun sy'n ddiddorol iawn i mi. Ac roedd arna i eisiau gwybod pa mor bell yr oedd y tebygrwydd rhyngddo ef a chithau'n mynd.'

'Popeth yn iawn, Doctor Heinkel,' meddwn innau. 'Ydych chi'n cael ei fod o a minnau'n debyg mewn rhywbeth heblaw golwg?'

'Ydych,' meddai yn araf, 'yn debyg iawn.'

Trodd y sgwrs at bethau eraill. Ei waith ef, a'i deulu, ei argraffiadau am Gymru a'i phobl a'i phethau, ac amcan ei ymweliad â Chaerdydd. Yn ddiarwybod imi, yr oeddwn wedi fy sugno dan ryw gyfaredd a oedd ynddo, a'r peth a'm tynnodd yn ôl i'r ddaear oedd llais Tegid yn ein galw at y bwrdd.

---

gollyngodd hi: *he released it*, (gollwng)
drychiolaeth: *apparition*
Maddeuwch imi: *forgive me*, (maddau)
Mi gollais i . . . : *I got carried away*,
  (colli ar)
deuwn: roeddwn i'n dod
chwilfrydig: *curious*
tebygrwydd: *likeness*

Ydych chi'n cael . . . ?: h.y. Ydych
  chi'n ffeindio . . . ?
golwg: *appearance*
argraffiadau: *impressions*
amcan: pwrpas
Yn ddiarwybod: heb wybod
sugno: *to suck*
cyfaredd: *charm*

(Yn ystod y swper) trodd Tegid at yr Athro a dweud,

'Doctor Heinkel, yr ydw i wedi bod yn sôn wrth 'y nghyfaill yma am eich damcaniaeth chi ynghylch amser. Tipyn o amheuwr ydi o hyd yn hyn ac mi garwn ichi'i argyhoeddi o.'

'Mae'n anodd iawn, onid yn amhosibl, imi egluro'r ddamcaniaeth yma ichi heb fynd i'r manylion mwyaf technegol.'

Yr oeddwn yn siŵr fy mod am gael darlith a'm gyrrai'n fuan i gysgu. Yr unig beth a wnaeth imi ddechrau gwrando â rhyw gymaint o ddiddordeb oedd personoliaeth hoffus Heinkel, a'i ddiddordeb ysol ef ei hun yn ei bwnc.

'Yr hen syniad am amser,' meddai, 'yw ei fod yn symud, bod y dyfodol heb ddod eto, a bod y gorffennol wedi mynd am byth. Ond yn ddiweddar, y mae rhai meddylwyr wedi taro ar syniad arall—nad peth sy'n symud yw amser, ond peth sy'n sefyll. Nid peth sy wedi diflannu yw'r gorffennol, ond peth sy'n bod o hyd. A'r un modd, mae'r dyfodol yn bod, er nad ydym wedi'i gyrraedd eto. Peth sefydlog, safadwy, yw amser yn ôl y bobol hyn, a ninnau'n symud drwyddo. Ac felly, meddan nhw, gan fod y gorffennol a'r dyfodol yn dal i fod, pe gallem ni ddarganfod rhyw ffordd gyfrin, fe allem ni fynd yn ôl i'r gorffennol neu ymlaen i'r dyfodol a dod yn ôl i'r presennol drachefn. Symud yn ôl a blaen ar hyd amser yn ddirwystr fel sleid ar rwler.'

Rhoes Doctor Heinkel ddarn o fara yn ei geg a chymryd llymaid o'r gwin.

'Ond, yr wyf i'n credu bod y gwirionedd yn gyfuniad o'r hen syniad a'r syniad newydd. Mae'r gorffennol *wedi* digwydd. Mae'n ffaith. Fe allai pob un ohonom ni'n tri fynd yn ôl i'r un pwynt yn y gorffennol a gweld yr un peth a byw drwy'r un digwyddiad. Ond am y dyfodol—na. Dyw'r dyfodol eto ddim wedi digwydd. Symud tuag atom y mae. Fe allem ein tri fynd i'r dyfodol, ac i'r un pwynt yn y dyfodol, ond fe allem ein tri weld tri digwyddiad hollol wahanol yn yr un pwynt yn union. Fe all tri, neu dri deg, neu dri chant, o bethau gwahanol ddigwydd yn

---

| | |
|---|---|
| damcaniaeth: *theory, hypothesis* | sefydlog: *settled* |
| amheuwr: *sceptic* | safadwy: *stable* |
| argyhoeddi: *to convince* | darganfod: *to discover* |
| a'm gyrrai: h.y. *which would drive me* | cyfrin: *secret* |
| ysol: h.y. *passionate* | yn ddirwystr: *unhindered* |
| meddylwyr: *thinkers* | llymaid: *sip* |
| diflannu: *to disappear* | cyfuniad: *combination* |

yr un lle a'r un eiliad yn y dyfodol—dyw pa un ohonynt ddim wedi'i benderfynu eto.'

'Ond,' meddwn i, 'a bwrw bod y gorffennol a'r dyfodol yn bod o hyd, fel y dwedwch chi, a bod modd mynd yn ôl i'r gorffennol neu ymlaen i'r dyfodol, sut y gellwch chi weithio hynny?'

'Ah,' ebe Doctor Heinkel. 'Dyma ni'n awr yn dod at y rhan sy'n wir anodd ei hegluro. Rydych chi wedi clywed am "y pedwerydd dimensiwn".'

Nodiodd Tegid a minnau.

'Hynny yw,' ebe'r Athro, 'yr ydym yn byw mewn byd ag iddo tri chyfeiriad—hyd, lled, ac uchder. Ydi hynny'n ddealledig?'

'Ydi.'

'Ond yn awr, yr ydym ni'n credu bod cyfeiriad arall eto, ac yr ydyn ni'n galw hwnnw yn 'Amser-Ofod'. Y peth yr ydw i wedi ceisio'i egluro ichi. Yr amser—gorffennol, presennol a dyfodol. A'r pedwerydd dimensiwn, sy bron yn hollol anghyfarwydd inni hyd yn hyn, yw'r amser-ofod yma.'

'Nawr, rydw i'n credu, drwy ddefnyddio math arbennig ar hypnosis y gall dyn deithio yn y pedwerydd dimensiwn. Nid o ran ei feddwl yn unig, ond mynd â'i gorff i'w ganlyn. Rwy wedi bod yn arbrofi ar hynny, ac rwy wedi llwyddo mewn rhai achosion i reoli taith dyn i bwynt arbennig yn y gorffennol neu'r dyfodol—o fewn ychydig flynyddoedd, beth bynnag.'

'Ond sut y medrwch chi reoli'r daith?' meddwn i.

Lledodd Doctor Heinkel ei freichiau.

'Mi allaf *awgrymu* i ddyn dan hypnosis deithio i bwynt arbennig yn y dyfodol, ac fe all fynd. Oherwydd yr wyf wedi darganfod bod elfen yn y pedwerydd dimensiwn, yr wyf i'n ei galw'n 'K', sydd mewn cydymdeimlad â'm hawgrym i. Ac os awgrymaf i ddyn dan hypnosis deithio i flwyddyn Brwydr Waterloo, ac yntau'n dechrau ufuddhau, y mae'r elfen 'K' yn ei helpu ef i gyrraedd y flwyddyn honno.'

'Aruthrol,' meddai Tegid.

---

| | |
|---|---|
| bwrw: *to assume* | i'w ganlyn: h.y. gydag ef |
| yn ddealledig: *understood* | arbrofi: *to experiment* |
| Gofod: *Space* | elfen: *element* |
| anghyfarwydd: *unfamiliar* | cydymdeimlad: *empathy* |
| Nid o ran . . . : *Not only where his thoughts are concerned* | |

'Amhosibl,' meddwn i.

Gwenodd Doctor Heinkel.

'Ond,' meddwn i wedyn, 'ydi hi'n bosibl i bawb deithio mewn amser-ofod fel hyn?'

Edrychodd Doctor Heinkel arnaf yn astud iawn.

'Hyd yma,' meddai, 'nac ydyw. Hyd yma, dim ond isymwybod ambell un sy'n ddigon byw i'r pedwerydd dimensiwn, a chyda'r rhai hynny'n unig y mae'r Elfen-K yn gweithio. Fe ellir adnabod y bobol hynny, gan amlaf, oddi wrth eu nodweddion corfforol—oddi wrth ffurfiant eu pen a llinellau'u hwyneb ac yn arbennig yr olwg yn eu llygaid.'

Yr oedd Doctor Heinkel yn edrych arnaf mor astud erbyn hyn nes mynd yr ias ryfeddaf drwy fy nghorff i gyd.

'Ifan,' meddai, 'gobeithio na wnewch chi ddim dychryn pan ddyweda i hyn. Pan ddeuthum i i mewn i'r ystafell yma heno, a'ch gweld chi, mi rythais arnoch chi, a chyn gallu f'atal fy hun mi ddwedais 'K Eins!' (Rydych) chi, Ifan, yn un o'r teip sy'n medru teithio mewn amser.'

Clywais chwys oer yn torri drosof, ac yna chwerddais.

'Rydach chi'n methu, Doctor Heinkel, rwy'n siŵr,' meddwn. 'Fu erioed greadur mwy materol a daearol na fi.'

'Rhai felly,' ebe Doctor Heinkel, 'ydi'r K Eins. Cofiwch, fedra i ddim bod yn berffaith sicir ohonoch chi. Yr unig beth a allai brofi fyddai inni wneud arbraw.'

Aeth pawb ohonom yn fud am funud, a Tegid a dorrodd y mudandod.

'Diwedd mawr,' meddai, 'wnes i ddim meddwl 'mod i'n gwneud dim o bwys wrth ddod â chi'ch dau at eich gilydd.'

'Wnest ti ddim chwaith,' meddwn i, wedi dychryn yn o arw erbyn hyn. 'Does dim arbrofi i fod efo mi.'

'Ond fyddi di ddim gwaeth,' meddai Tegid. 'Fydd hi ddim ond gêm . . .'

---

| | |
|---|---|
| yn astud: h.y. yn ofalus iawn | atal: stopio |
| isymwybod: *subconscious* | daearol: *earthly* |
| ffurfiant: *formation* | arbraw: *experiment* |
| ias: *shiver* | yn fud: heb siarad |
| rhyfeddaf: *strangest* | mudandod: tawelwch |
| dychryn: ofn mawr | yn o arw: yn + go + garw h.y. yn |
| rhythais: *I stared,* (rhythu) | fawr |

'Na,' meddai Doctor Heinkel. 'Mae'n iawn i Ifan wybod. Fe fydd yn fwy na gêm. Os bydd yn cytuno inni wneud arbraw, fe all yr arbraw fod yn aruthrol bwysig i wyddoniaeth. Mae'r cyfle i arbrofi gyda dyn o genedl arall mewn gwlad arall yn gyfle na chefais i mohono o'r blaen.'

'Dydw i ddim yn fodlon,' meddwn i.

'Wna i ddim pwyso arnoch chi, Ifan,' meddai Doctor Heinkel. 'Mae 'na beryglon mawr yn y fenter (ond) mi gymerwn i bob gofal posibl. Ond cymerwch tan nos yfory i ystyried y peth.'

---

cenedl: *nation*          ystyried: *to consider*
menter: *venture*

## PENNOD 4

Daeth Doctor Heinkel nos drannoeth, a minnau wedi penderfynu chwarae'r gêm. Bûm drwy'r dydd yn methu torri'r ddadl ac yn ddrwg fy hwyl. Po fwyaf y meddyliwn am yr arbraw, mwyaf anhygoel ac amhosibl y gwelwn ef. A dyna pam yr ildiais.

Er hynny, pan welais Doctor Heinkel, daeth rhyw gymaint o'r arswyd yn ôl. Yr oedd mor dawel, mor fwriadus dawel. Yr oedd fel meddyg o flaen operasiwn beryglus yn gwneud popeth a allai i'm tawelu.

Am chwarter wedi wyth, gofynnodd imi orwedd ar y soffa yn yr eisteddfa. Gorweddais yno, ac er dweud wrthyf fy hun drosodd a throsodd nad oedd hyn ond chwarae plant, yr oedd fy nghalon yn neidio y tu mewn imi. Rhoes Doctor Heinkel bigiad o forffia yn fy mraich, ac fe'm clywn fy hun yn tawelu. Yna, estynnodd bortmanto mawr, a thynnu ohono blât cromiwm crwn, a hongian hwnnw ar y lamp uwch fy mhen. Wedyn, rhoi lamp drydan wrth fy mhenelin a'i chysylltu â'r pwynt trydan wrth y lle tân. Gwelwn olau'r lamp yn taro'r plât cromiwm ac yn troelli yno, a minnau'n methu peidio ag edrych arno.

'Da iawn,' meddai Doctor Heinkel. 'Daliwch i edrych i'r plât cromiwm, os gwelwch chi'n dda. Does dim i'w ofni. Rydych chi'n hapus, yn gyfforddus, ac mae bywyd yn ardderchog.'

Teimlwn ei fod yn dweud y gwir. Effaith y morffia, mae'n debyg.

'Daliwch i syllu i'r cromiwm, Ifan. Yn y cromiwm y mae'n noson braf ym Mai yn y flwyddyn dwy fil a thri deg pump, yma, yng Nghaerdydd, yn agos iawn, iawn, i'r stafell hon. Mae'r Elfen-K yn brysur mewn Amser-Ofod o'n cwmpas ni, ac rwy'n ceisio'ch cysylltu chi â hi.'

---

nos drannoeth: y noson wedyn
torri'r ddadl: *to settle the argument*
Po fwyaf: *The more*
y meddyliwn: *that I'd think,* (meddwl)
mwyaf anhygoel: *the more incredible*
ildiais: *I yielded,* (ildio)
arswyd: ofn mawr

eisteddfa: lolfa
trosodd: *over*
nad oedd hyn ond: *that it was only*
fe'm clywn: roeddwn i'n clywed fy hun
troelli: troi a throi

Clywn lais Doctor Heinkel dan straen dirdynnol, a'i anadlu'n feichus. Er fy mod yn dal i deimlo'n braf, yn wir yn mwynhau fy hun, nid oeddwn ddim gwahanol i arfer ar wahân i hynny. Yr oeddwn yn berffaith siŵr fy mod ym mharlwr Tegid o hyd, a bod Doctor Heinkel yn fy ymyl.

'Rwy'n dal i geisio'ch cysylltu chi, Ifan. Helpwch fi, Ifan. Helpwch fi. Helpwch eich hun. Meddyliwch am y flwyddyn dwy fil a thri deg a phump. Mae arnoch eisiau bod yno. Mae yno rywun yn disgwyl amdanoch chi, rhywun sy'n werth y byd ichi... Mae'r Elfen-K yn cydio, Ifan. Mae'n cydio. Rydych chi'n gweld yn y cromiwm dwnnel hir, hir, ac ym mhen draw'r twnnel y mae...'

Nid oes gennyf syniad beth a ddigwyddodd wedyn. Y peth olaf yr wyf yn ei gofio oedd rhywbeth fel trowynt yn taro'r stafell yn fflat ac yn fy nghipio innau. Aeth yn nos arnaf. Ni wn am ba hyd.

---

dirdynnol: *excrutiating*
yn feichus: *laborious*
cydio: yn cael gafael
trowynt: *whirlwind*
yn fy nghipio: *snatching me*

Aeth yn nos arnaf: h.y. Fe es i'n
  anymwybodol (*unconscious*)
Ni wn: Dwy i ddim yn gwybod
am ba hyd: am faint o amser

# PENNOD 5

Pan ddeuthum ataf fy hun, yr oedd llaw yn dal gwydryn rhwng fy ngwefusau. Ai oherwydd y ffisig ai peidio ni wn, ond yr oeddwn yn teimlo'n well.

'Diolch, Doctor Heinkel,' meddwn i.

'Llywarch,' meddai'r dyn wrth f'ochor.

Yr oedd y llais yn hollol ddiarth, a chodais fy mhen. Ar ei draed yn f'ymyl yr oedd dyn oddeutu'r hanner cant oed, ei wallt tonnog yn britho, a'i lygaid yn gwenu arnaf.

'Dydw i ...?' meddwn i, ac aeth saeth o ddychryn drwof.

Gwenodd y dyn ac edrych ar ei arddwrn.

'Pum munud wedi naw ar noson o Fai yn y flwyddyn dwy fil tri deg a thri.'

Waeth imi heb â cheisio disgrifio'r peth a deimlwn ar y funud honno. Pe bawn wedi mynd i Begwn y De mi fyddwn yn bell o Gaerdydd, ond byddwn o leiaf yn yr un flwyddyn. Ond yn awr, nid milltiroedd oedd rhyngof a Tegid a Doctor Heinkel, ond blynyddoedd. Pedwar ugain mlynedd. Yr oeddwn . . . yr oeddwn yn gant a deng mlwydd oed. Ac yr oedd hynny'n amhosibl. Y gwir oedd fy mod eisoes wedi marw, ac wedi fy nghladdu yn rhywle yn y Gymru hon, ac yr oeddwn yn siarad â dyn nad oedd wedi'i eni pan oeddwn i gyda Tegid a Doctor Heinkel ychydig funudau'n ôl. Yr oedd arbraw Doctor Heinkel yn llwyddiant creulon.

'Dwy fil a thri deg tri . . .?' meddwn i. 'Dwy fil a thri deg pump dwedodd Doctor Heinkel.'

'Dim ond dwy flynedd yn fyr,' meddai'r dyn. 'Fe wnaeth Doctor Heinkel yn dda.'

'Wyddoch chi am Doctor Heinkel?' meddwn i.

---

Pan ... fy hun: *When I regained consciousness*
Ai oherwydd: *Was it because of*
ai peidio: *or not*
diarth: dieithr
oddeutu: tua

yn britho: yn gwynnu
saeth: *arrow*
garddwrn: *wrist*
Waeth imi heb: h.y. Does dim pwynt
a deimlwn: roeddwn i'n teimlo
Pegwn y De: South Pole

'Gwn. Rydyn ni'n darllen amdano yn ein llyfrau hanes. Roedd Doctor Heinkel yn arbrofwr mawr. Roedden ni'n eich disgwyl chi,' meddai'r dyn. 'Mae cofnod yn un o lyfrau Doctor Heinkel amdanoch chi—y dyddiad a phopeth. Fe wyddem eich bod ar y ffordd, drwy gyfrwng hwn.'

Pwyntiodd Llywarch at beiriant mawr.

'Sut y gallech chi ddweud drwy gyfrwng peiriant?' gofynnais.

Gwenodd Llywarch.

'Y peth agosaf y gwyddoch chi amdano i'r peiriant hwn,' meddai, 'yw radar. Os oes unrhyw fod yn nesu at Gaerdydd o'r gorffennol, mae'r clociau hyn yn ein rhybuddio ni. Dewch nawr. Fe fydd yn well ichi newid eich dillad, Meistr Powel. Fynnwn i ddim i bawb rythu arnoch yn eich dillad hen-ffasiwn.'

'Sut y gwyddoch chi f'enw i?' meddwn i.

'Cofnodion Doctor Heinkel.'

'O, wrth gwrs . . .'

'Fe awn ni.'

Aethom drwy ddrws i stafell fach glyd iawn. Ystafell nad oeddwn i'n hollol gartrefol ynddi. Yr oedd y cadeiriau a'r bwrdd bach o'r defnydd plastig-debyg, ac yr oedd y muriau fel pe wedi'u gwneud o niwl symudliw, a'r llawr—yr oedd hwnnw'n debyg i wydr cynnes a golau ynddo. Sylwais fod Llywarch yn f'astudio.

'Rwyf wedi bod yn astudio'ch ymateb i'r stafell hon,' ebe Llywarch. 'Mae'n anodd ichi sylweddoli eich bod mewn oes wahanol iawn. Fe gewch fod bywyd yn wahanol i'r hyn ydoedd yn eich dyddiau chi. Ceisiwch ymlacio'n llwyr, a chymryd popeth yn dawel fel y daw (neu) fe fyddwch mewn tridiau yn diodde gan glefyd y rhai sy'n torri'r llen amser.'

'Ond . . . does arna i ddim isio bod yma am dridia. Mae arna i isio mynd yn ôl . . .'

'Pan fynnoch chi,' ebe Llywarch.

Cydiodd arswyd ynof.

---

| | |
|---|---|
| arbrofwr: person sy'n arbrofi | cofnodion: *minutes* |
| cofnod: nodyn, *minute* | fel pe wedi'u gwneud: *as if they had* |
| Fe wyddem: Roeddem yn gwybod | *been done* |
| drwy gyfrwng: *through the medium of* | tridiau: tri dydd |
| bod: *(human) being* | pan fynnoch chi: pryd bynnag rydych |
| yn nesu: yn agosáu | chi eisiau |
| rhythu: *to stare* | |

'Fedrwch chi 'ngyrru i'n ôl?'

'Yn hawdd. Roeddwn i'n eich helpu chi i ddod yma heno. Fe fydd yn haws eich gyrru'n ôl—diolch i'r peiriant.'

Gollyngais ochenaid o ryddhad.

'Beth ydi'ch gwaith chi, Doctor Llywarch?'

'Athro mewn Uwchddynameg yn y Brifysgol. Os oes gennych chi ddiddordeb, mi ddangosa i'r coleg a'r labordai ichi fory.'

'Mi garwn 'u gweld nhw.'

Cododd Llywarch.

'Meistr Powel bach, rhaid ichi fwyta. Mae 'ngwraig yn disgwyl amdanom.'

---

yn haws: yn fwy hawdd
ochenaid: *sigh*
rhyddhad: *relief*
Uwchddynameg: *Superdynamics*

# PENNOD 6

Gwasgodd Llywarch fotwm ar y mur ac agorodd y drws ohono'i hun. Clywais awel fain ar fy wyneb, a gweld ein bod allan uwchben y ddinas. Yr oedd yn dechrau nosi, ac o'n blaenau yr oedd Caerdydd, yn batrwm o oleuon meddal.

Cerddodd Llywarch o'm blaen at gerbyd a dal y drws yn agored imi. Edrychai'r (tu allan) yn ddigon tebyg i gerbydau fy oes fy hun. Ond yr oedd tu mewn y cerbyd yn ystafell fechan a chadeiriau ynddi. Bodiodd (Llywarch) ddeial neu ddau ar fwrdd bychan, a chlywais y cerbyd yn symud. Eisteddodd Llywarch gyferbyn â mi yn un o'r cadeiriau, ac edrych yn hapus o'i gwmpas.

'Doctor Llywarch,' meddwn, 'ydach chi ddim yn llywio'r car 'ma?'

'Mae'r cerbyd yn ei lywio'i hun. Cerbyd radio ydyw, ac rwy wedi'i gyfarwyddo ar y deialau pa ffordd i fynd ac ymhle i sefyll. Mae heolydd Caerdydd i gyd yn heolydd radiofagnetig, ac mae'r car a hwythau'n deall ei gilydd i'r dim.'

Sychais ychydig chwys oddi ar fy nhalcen, ac edrych allan drwy'r ffenestri llydain. Yr oedd coed ar hyd ymylon y strydoedd. A thu ôl i'r coed yr oedd adeiladau helaeth, fel adeiladau hud-a-lledrith. Yr oedd y golau'n amrywio yn ei liw o wyrdd ysgafn i oraens gwelw, ac yr oedd wyneb pob adeilad â golau gwahanol arno. Ni allwn weld yr un lamp. Yr oedd y golau fel petai'n codi o'r ddaear neu'n glawio o'r awyr.

Tynnodd y cerbyd ohono'i hun i fae bychan ar fin y ffordd a sefyll wrth borth.

'Dyma ni,' meddai Llywarch.

Agorodd y drws a disgynnais i'r stryd. Tynnais yr awel i'm ffroenau.

---

ohono'i hun: heb help
awel fain: *a stiff breeze*
Bodiodd: Gwasgodd â'i fysedd,
  (bodio)
llywio: arwain (y car)

cyfarwyddo: *to direct*
i'r dim: perffaith
helaeth: *extensive*
hud-a-lledrith: *fantasy*
ffroenau: *nostrils*

'Mae'r awyr 'ma'n rhyfeddol o bur, Doctor. Dydi hi ddim fel awyr tre.'

Gwenodd y Doctor.

'Does gyda ni ddim mwg,' meddai. 'Ac mae'r peiriannau puro awyr yn gweithio ddydd a nos. Dewch.'

O'm blaen yr oedd tŷ. Rhoddodd Llywarch allwedd yn y drws gwydr, ac wrth i'r drws agor goleuodd y cyntedd. Dilynais ef drwy ddrws yn agor ar gyffyrddiad botwm, i stafell fechan. Yno yr oedd baddon a chlosed dŵr. Wedi i mi orffen ymolchi gosododd (Llywarch) siwt yn barod imi.

Rhythais ar Llywarch. Yr oedd ef wedi'i wisgo mewn siwt o liw saffrwm—siwt denau, yn disgleirio ym mhob crych ynddi, y siaced yn llac ac yn llaes. O dan ei siaced yr oedd ganddo wasgod ddifotwm a di-sip yn cyrraedd at ei wddw, a honno o ddefnydd tebyg i neilon ac yn wyrdd tywyll. Wrth ei wddw yr oedd ganddo dei-bo anferth o liw gwyn.

'Bobol mawr!' meddwn i. 'Rydach chi'n debyg i fandarin Sineaidd.'

Chwarddodd.

'Dyma'r dillad y byddwn ni'n eu gwisgo gyda'r nos. Maen nhw'n gyfforddus dros ben.'

'Ond ydyn nhw ddim yn oer?'

'Mae'n tai'n gynnes,' oedd yr ateb.

Gwisgais fy siwt, siwt las a gwasgod liw gwin, a thei-bo melynwyn mawr.

'Rydych chi'n rêl unfed ganrif ar hugain nawr,' meddai Llywarch.

Aethom drwodd i stafell fawr olau, ddi-lamp.

'Eisteddwch, Meistr Powel.' Troais i edrych, a sefyll yn stond. Nid oeddem mwyach yn y stafell fawr, ond mewn stafell fechan glyd. Rhyngom a'r lle y dylai gweddill y stafell fod, yr oedd wal niwlog, symudliw.

'Rwy'n gweld,' ebe Llywarch, 'bod ein waliau ni'n dipyn o ddirgelwch ichi. Nid wal yw'r wal yna sy o'ch blaen chi. Y cyfan sy wedi digwydd yw 'mod i wedi gwasgu botwm, a bod

---

cyffyrddiad: *touch*
saffrwn: *crocus*
crych: *crease*
yn llaes: yn hir a llac

Bobl mawr!: h.y. *Goodness gracious!*
rêl: *real*
yn stond: *still*
dirgelwch: *mystery*

23

pelydrau'n codi (o'r) llawr ac yn disgyn (o'r) nenfwd ac yn creu niwl synthetig cynnes. Mae'n hwylus dros ben.'

Nid oedd fy syndod ddim llai pan welais wraig yn dod drwy'r wal niwl. Gwraig ganol oed, mewn gŵn du at ei fferau (fel) gwisg merched Eifftaidd yng nghyfnod Ramses Fawr. Yr oedd hi'n wraig hardd iawn.

'Dyma Feistres Llywarch,' ebe Llywarch. Ac wrth ei wraig, 'Dyma Feistr Powel, o'r ugeinfed ganrif.'

Estynnodd Meistres Llywarch ei llaw imi, a gwenu.

'Croeso ichi,' meddai. 'Roedd fy ngŵr yn eich disgwyl chi. Mae swper yn barod. Dewch drwodd.'

Pwysodd Llywarch fotwm ar y mur, a diflannodd y wal niwl. Yr oeddem eto yn y stafell fawr, ac wedi i ni eistedd wrth y bwrdd, caeodd niwl arall o'n cwmpas, ac roeddem eto mewn stafell fach glyd.

'Ble mae Mair?' gofynnodd Llywarch.

'Fe ddaw mewn munud,' meddai'i wraig.

'Mae'n merch ni yng Nghwmni'r Theatr Genedlaethol,' ebe Llywarch wrthyf fi. 'Roedd heno'n noson gynta'u drama newydd.'

Nid cynt yr oeddem ein tri wedi dechrau bwyta nag y daeth merch ifanc drwy'r wal niwl. Edrychais arni ddwywaith—un o'r merched ifanc glanaf a welais i erioed. Yr oedd ganddi wallt du a llygaid duon mawr, a'r rheini'n ddeallus ac yn fyfyriol. Codais i ysgwyd llaw.

'Aeth y ddrama newydd yn dda?' meddwn i.

'Yn eitha da, diolch ichi,' meddai hithau. 'Un peth oedd ar ôl. Dyma'r noson agoriadol gyntaf i mi mewn drama na ddaeth fy rhieni i'w gweld hi.'

'Nawr, chware teg, Mair,' ebe Llywarch. 'Allen ni ddim dod heno.'

'Rwy'n maddau ichi,' meddai Mair.

Wedi inni orffen y cawl campus, daeth Meistres Llywarch â'r ail gwrs i'r bwrdd. Sylwais mai llysiau o bob math oedd o flaen y lleill, ond bod cyw iâr cyfan ar fy nghyfer i.

---

syndod: *surprise*
fferau: *ankles*
Nid cynt: *No sooner*
glanaf: pertaf

deallus: *intelligent*
myfyriol: *studious*
Rwy'n maddau ichi: *I forgive you*

'Dydyn ni ddim yn bwyta cig,' (meddai Meistres Llywarch). 'Roedden ni'n siŵr y byddech chi'n wahanol.'

'Ydw'n wir, ond alla i hyd yn oed, ddim bwyta deryn cyfan.'

'Bwytwch hynny fedrwch a gadwch y gweddill,' meddai'n ffeind.

Go wydn oedd y cyw. Gwneuthum fy ngorau gydag ef, fodd bynnag, ac yr oedd y tatws a'r pys yn gampus. A pha beth bynnag oedd y pwdin a ddaeth ar ei ôl, yr oedd gyda'r pwdin gorau a brofais erioed. Ac ar ôl y cinio, daeth llestr berwi coffi i'r bwrdd.

'O ble'r ydych chi'n cael coffi y dyddia 'ma,' meddwn i. 'O Brasil o hyd, debyg?'

'O Ddyffryn Tywi y daeth hwn,' ebe Llywarch. 'Mae amryw o ffermwyr Cymru wedi darganfod nad yw hi ddim mwy o gamp tyfu coffi a choco ac orennau a bananau nag oedd tyfu tomatos a grawnwin yn eich dyddiau chi.'

'Ond dydi ffermwyr Cymru ddim wedi rhoi'r gorau i dyfu ŷd a magu defaid a gwartheg?' meddwn i.

'I'r gwrthwyneb, rydyn ni'n tyfu ac yn magu mwy nag erioed. Dydyn ni ddim yn bwyta cig, ond rydyn ni'n yfed llawer iawn o laeth. Ac yn dal i wisgo gwlân. Ond fe gawn siarad am ffarmio eto. Dewch, fe awn ni'n ôl i'r alcof bellaf acw. Rwy'n disgwyl ymwelwyr unrhyw funud.'

Cyn eistedd yn yr alcof, dyna gloch y drws allan yn canu.

'Maddeuwch imi,' ebe Llywarch. 'Dyna'r ymwelwyr.'

Daeth yn ôl i'r cyntedd a dau ddyn i'w ganlyn.

'Dau gyfaill imi, Meistr Powel. Meistr Baecker, Llysgennad Bafaria, a Meistr Telting, Llysgennad Ffrisland.'

Cyfarchodd y ddau fi yn Gymraeg, ac yr oeddwn yn syn. Gwelais yn fuan na allai Baecker siarad fawr o Gymraeg ond yr oedd Telting yn rhugl ynddi. Yn Gymraeg y bu'r rhan fwyaf o'r sgwrs, a Llywarch a Telting yn troi i'r Almaeneg weithiau er mwyn Baecker.

---

deryn: aderyn
Gadwch: gadewch, (gadael)
y gweddill: *the rest*
yn ffeind: yn garedig
gwydn: *tough*

camp: *achievement*
i'r gwrthwyneb: *to the contrary*
Llysgennad: *Ambassador*
Cyfarchodd: . . . *greeted, (cyfarch)*

Holais dipyn ar y tramorwyr am eu gwledydd. Llwyddais i gasglu bod gan Bafaria a Ffrisland eu llywodraeth eu hunain ers rhai blynyddoedd a'u bod yn wledydd llewyrchus. (Trodd Llywarch at) Telting i sôn am ryw fesur fyddai gerbron y senedd drannoeth. Torrais ar eu traws.

'Am ba senedd yr ydach chi'n sôn.'

Edrychodd Llywarch arnaf.

'Am ein senedd ni, wrth gwrs. Senedd Cymru. Maddeuwch imi, doeddwn i ddim yn cofio. Doedd gan Gymru'r un senedd pan oeddech chi'n cychwyn ar eich taith gynnau.'

'Ydi hi'n llwyddiant?' meddwn i.

'A oes modd iddi fod yn waeth ar wlad dan ei senedd ei hun nag o dan senedd estron?' gofynnodd Telting.

Chwarddodd Baecker.

'Gwyliwch i'r C.P.U. gael gafael arnoch chi, Herr Powell,' meddai. 'Fe fyddan nhw am eich cael chi'n ymgeisydd seneddol.'

'Yr C.P.U.?'

'Cynghrair Prydain Unedig,' eglurodd Llywarch. 'Nhw yw disgynyddion Torïaid eich dyddiau chi. Allan nhw byth gasglu digon o nerth i ffurfio llywodraeth.'

'Digon, digon!' ebe Baecker ar ein traws. 'Mae gwleidyddiaeth yn sychach na dirwest. Beth am fiwsig?'

Galwodd (Llywarch) ar ei ferch. Daeth Mair i lawr y grisiau, a sylwais eto mor ddengar oedd hi. Edrychodd arnaf, a thaflu gwên.

Eisteddodd Mair wrth y piano. Ni allwn wneud rhych na gwellt o'r darn cyntaf a ganodd ar yr offeryn. Wedi cwplau'r darn rhyfedd, canodd Mair ffantasia ar alawon telyn Cymreig. Nid oedd honno'n hollol wrth fy modd, ond gallwn o leiaf adnabod yr alawon. Yna galwodd ei mam arni i ganu rhai o'r clasuron, er fy mwyn i. Wrth glywed Mair yn morio drwy

---

tramorwyr: *foreigners*
llewyrchus: *prosperous*
mesur: *bill*
senedd: *parliament*
Torrais . . . : *I interrupted them*, (torri ar draws)
gynnau: amser byr yn ôl
Cynghrair: *League/Alliance*

Unedig: *United*
disgynyddion: *descendants*
dirwest: dim yfed alcohol
dengar: deniadol
gwneud rhych na gwellt: h.y. gwneud synnwyr
cwplau: gorffen
yn morio: h.y. yn cael hwyl

Beethoven a Tsaicoffsci, ac yn eu canu fel yr oeddwn yn siŵr y dylid eu canu, dechreuais deimlo'r pellter brawychus rhyngof a'm hoes fy hun yn llai.

Wedi gwrando'r miwsig, ac yfed coffi, a gwneud mawr stŵr a moesymgrymu wrth ffarwelio, aeth Baecker a Telting o'r tŷ. Cusanodd Mair ei thad a'i mam ac aeth i orffwys. Aeth Llywarch â mi i fyny'r grisiau i'm stafell wely.

'Rwy am roi tabled cwsg ichi, Meistr Powel,' meddai Llywarch. 'Mae arna i ofn na chysgwch chi ddim hebddi wedi'r daith anghyffredin gawsoch chi.'

Wedi i Llywarch ddweud nos da a mynd, llithrais i'r crys nos sidanaidd ar y gwely ac yna gorweddais yn y gwely. O! wely braf. Cyn hir yr oeddwn yn cysgu'n drwm.

---

stŵr: sŵn
moesymgrymu: *bowing*
anghyffredin: anarferol iawn

## PENNOD 7

Yr oedd bore Sadwrn yn fendigedig o braf, a phenderfynodd Llywarch fy ngherdded i'r coleg. Y peth cyntaf a'm trawodd oedd yr enwau Cymraeg uwchben y siopau: *Siôn Meirion, Dilledydd; Harri Tawe, Ffotograffydd; Bwrdd Trydan Cymru; Siop Siencyn.* Dywedodd Llywarch fod enwau'r siopau a'r strydoedd i gyd yn Gymraeg, ond bod y cyfarwyddiadau i draffig ac ymwelwyr (yn Gymraeg a Saesneg).

'Dwedwch i mi,' meddwn wrth Llywarch, 'pam mae'r cerbyda 'ma i gyd yn gyrru mor ara?'

'Tri deg milltir yr awr yw eitha'r cerbydau pan fydd radio'n eu gyrru. Ond does dim amser yn cael ei golli trwy bentyrru traffig. Mae'r system bron yn ddi-feth. Ac yn ddiddamwain.'

Cerddodd Llywarch a minnau ymlaen ar hyd y strydoedd lliwgar. Yr oedd yn amlwg i mi fod y bobol yn siriol. Gwrandewais arnynt yn siarad. Saesneg a glywn i gan y mwyafrif mawr.

'O ie,' meddai Llywarch. 'Saesneg a glywch chi fwyaf yng Nghaerdydd, ac mewn rhan helaeth o Forgannwg ac yn y rhan fwyaf o Fynwy a Maesyfed. Ond dyma ichi arbraw. Stopiwch rywun ar y stryd a holwch y ffordd i'r castell yn Gymraeg.'

Sefais o flaen dau ddyn ifanc a oedd yn dadlau'n frwd yn Saesneg, a holais hwy yn Gymraeg. Troesant i'r Gymraeg ar eu hunion, a'm cyfarwyddo. Yr oedd eu Cymraeg yn gywir ac yn eitha llithrig, ond bod arni acen Seisnig.

'Ond pam na siaradan nhw Gymraeg â'i gilydd?' gofynnais i Llywarch.

'Wel,' meddai, 'does dim deddf i orfodi pobol i siarad Cymraeg. Mae pawb yn dysgu Cymraeg yn yr ysgol, ac mae bron pob swydd yng Nghymru yn hawlio gwybod Cymraeg.

---

a'm trawodd: *that struck me,* (taro)
cyfarwyddiadau: *instructions*
eitha: h.y. *maximum*
pentyrru: h.y. *build-up*
yn ddi-feth: h.y. yn berffaith
dadlau: *to argue*

Troesant ... hunion: *They instantly turned,* (troi)
a'm cyfarwyddo: *and directed me*
llithrig: rhugl, *fluent*
gorfodi: *to compel*
hawlio: *to demand*

Ond Saesneg yw iaith gynta'r rhain, a—wel, mae'n well gan bawb siarad ei iaith gynta.'

Yr oedd y Brifysgol ym Mharc Cathays o hyd. Wrth fynd tuag ati, dangosodd Llywarch Dŷ'r Senedd imi. Troesom, a mynd heibio i gerflun o Saunders Lewis ac i mewn i'r coleg (ac i) stafell breifat Llywarch. Dangosodd ei lyfrau imi. Llyfrau Cymraeg yn unig oedd mewn un cwpwrdd, a'r rheini'n llyfrau gwyddonol i gyd. Yr oedd rhai ohonynt o'i waith ef ei hun.

'Ydw,' meddai, 'rwy'n sgrifennu tipyn. Yn Gymraeg y byddaf i'n sgrifennu'r cwbwl, ac mae rhai o'm disgyblion yn cyfieithu fy llyfrau i unrhyw iaith fydd yn galw amdanyn nhw.'

'Yn Gymraeg y byddwch chi'n darlithio hefyd?'

'O ie, y cwbwl oll. Mae dau o'm darlithwyr yn darlithio yn Saesneg, ac mae'r myfyrwyr yn cael astudio'r pwnc yn yr iaith a fynnon nhw. Mae Bangor, wrth gwrs, yn goleg cwbwl Gymraeg, ond yn y tri arall mae'r ddwy iaith ar waith. . . . Ond dewch nawr, rwy'n siŵr 'mod i'n eich blino chi.'

Aethom allan o'r coleg drachefn ac allan i'r parc. Yn sydyn clywais sŵn band, a throais fy mhen. Yr oedd mintai o filwyr yn dod i fyny'r stryd, tua phumcant o wŷr mewn crysau cochlas, a reifflau ar eu sgwyddau, a band o'u blaen.

'Byddin Cymru, mae'n debyg?' meddwn i.

'Nage,' meddai'n swta. 'Fe fyddai'n well genny ichi fod heb weld y rhain. Dyma un o'r blotiau duon ar Gymru Rydd.'

Gofynnais iddo egluro.

'Wel,' meddai, 'mae amryw wledydd wedi dileu eu lluoedd arfog erbyn hyn. Mae Cymru'n un ohonyn nhw. Ond mae'r ysfa filwrol yn anodd iawn ei lladd. Ac rydych chi'n edrych nawr ar fintai o Gymdeithas Filwrol Cymru.'

'Dydyn nhw ddim yn perthyn i'r Llywodraeth?'

'Nac ydyn. Cymdeithas wirfoddol yw hi. Yn ffodus, maen nhw'n bur amhoblogaidd, ac ychydig sy'n ymuno â nhw. Pe

---

cerflun: *statue*
Saunders Lewis: dramodydd
  (1893-1985)
a fynnon nhw: (yr iaith) maen nhw
  eisiau, (mynnu)
drachefn: *eto*
mintai: *troop*

swta: *curtly*
dileu: *to do away with*
lluoedd arfog: *armed forces*
ysfa: *craze*
gwirfoddol: di-dâl
yn bur: yn eithaf

baen nhw'n talu cyflogau fe gynydden nhw, mae'n siŵr. Maen nhw'n drilio ac yn martsio gyda'r nos a thrwy'r dydd Ddydd Sadwrn.'

'Ond mae'n rhaid bod ganddyn nhw ryw amcan,' meddwn i.

'Amddiffyn Cymru, meddan nhw. Ond y cwestiwn yw, rhag pwy? Y gwir yw mai adran ydyn nhw o Gynghrair Prydain Unedig—yr C.P.U. y clywsoch chi amdani neithiwr. Mae 'na Gymdeithas filwrol yn yr Alban hefyd.'

Am y tro cyntaf, teimlais ryw gysgod o arswyd. Ar wahân i'r crysau porffor, yr oeddwn wedi hoffi bron popeth a welswn hyd yn hyn.

---

fe gynydden nhw: *they would increase,*
  (cynyddu)

# PENNOD 8

Ar ôl gweld labordai Llywarch a chael cinio yn ei dŷ, aeth ef â mi i weld y gêm bêl droed. Yr oedd yn dda gennyf fod chwarae'r bêl gron o hyd ym Mharc Ninian. Bûm yno gynifer o weithiau gyda Tegid. Yr oedd yno ryw gyswllt, beth bynnag, rhyngof a'm hoes fy hun.

Yr oedd gan Llywarch docynnau inni i'r stand fawr, ac yr oedd y seddau'n dda. Ac yr oedd Pwllheli wedi dod i ymryson â Chaerdydd.

Yn ein hymyl yr oedd dyn boliog braf yn dadlau â phlisman. Daethai'r brawd i'r cae, rywsut neu'i gilydd, heb dalu. Yr oedd y plisman yn rhyfeddol o amyneddgar; ymresymai â'r dyn yn bwyllog, dawel.

'Gyfaill,' ebe'r plisman, 'rhaid ichi ddeall...'

'W i ddim cyfaill i chi.'

'Mae hynny'n amlwg. Ond rhaid ichi ddeall...'

'Be chi am imi wneud?'

'Naill ai talu am eich sedd, neu fod mor garedig â gadael y cae.'

'Fi ddim pres.'

Roedd pawb o'n cwmpas wedi bod yn gwrando ar y ddadl, a gwyrodd un o'r gwrandawyr o'r sedd y tu cefn imi.

'Heddwas,' meddai yntau yn Gymraeg, 'mi dalaf i dros y brawd, os bydd e mor gwrtais ag ymddiheuro am ei ffolineb.'

Syrthiodd gwep y dyn tew.

'Glywsoch chi gynnig caredig y cyfaill?' ebe'r plisman.

Heb ateb, tynnodd y dyn tew arian o boced ei drywsus a'i estyn i'r plisman.

'Mae'n haws talu nag ymddiheuro, on'd ydi?' gwenodd y plisman a mynd. Roeddwn i'n ddigon syn. Y plisman eithriadol

---

cynifer: nifer
oes: *age*
ymryson: cystadlu
Daethai ...: Roedd ... wedi dod
ymresymai: *he was reasoning,*
  (ymresymu)

yn bwyllog: yn araf heb ruthro
gwyrodd: plygodd, (gwyro)
ymddiheuro: *to aplogise*
gwep: wyneb hir

amyneddgar, y cyfaill parod ei gymwynas yn y sedd y tu ôl, y dyrfa dymer dda. Yr oedd yr awyrgylch yn un go newydd i mi.

Torrwyd ar fy meddyliau gan sŵn band. Canai fedlai o alawon Cymreig, ac wedi cyrraedd canol y cae, sefyll. Taranodd y tabyrddau, a chododd y dyrfa enfawr ar ei thraed i ganu *Hen Wlad Fy Nhadau,* a hynny ag angerdd.

Chwiban, a dechreuodd y chware. Yr oeddwn wedi gweld ffwtbol da droeon, ond cyn bod y gêm wedi para pum munud mi wyddwn na welswn i ddim byd tebyg i hwn. Yr oedd Llywarch yn ecstasi byw.

'Nid yn y gorffennol yr oedd oes aur y bêl droed, Powel!' meddai, â chlep imi ar fy nghefn.

Daliodd un o'r chwaraewyr fy sylw.

'Stanley Matthews wedi atgyfodi?' meddwn i.

'Un mwy na Matthews,' meddai. 'Dyna ichi Rhys Rhymni, pêl-droediwr mwya'r byd. Mae unrhyw glwb yn barod i dalu ffortiwn amdano. Fe geisiwyd ei wenwyno ddwywaith, unwaith ym Mhortwgal ac unwaith ym Mrasil.'

'Ydi pobol mor wallgo hefo ffwtbol nes trio gwenwyno athrylith yn y gêm?'

'Nid yng Nghymru,' meddai Llywarch. 'Ond cofiwch mai ar y maes chware yr ymleddir rhyfeloedd heddiw. Buddugoliaeth mewn gêm yw gogoniant gwlad erbyn hyn, nid mewn arfau.'

Daeth chwiban hanner amser yn rhy fuan o lawer i mi. Yr oedd Llywarch mewn hwyliau mawr.

'Maddeuwch i mi,' ebe Llywarch, 'rwy'n gweld fy nghyd-athro Doctor Prydderch draw acw. Fydda i ddim yn hir.'

Nid cynt yr oedd Llywarch wedi mynd nag yr eisteddodd dyn arall yn ei sedd.

'Sedd y Doctor Llywarch,' meddwn i.

'Mi wn i,' meddai'r dyn. 'Mi fyddaf wedi mynd cyn y daw'r

---

| | |
|---|---|
| awyrgylch: *atmosphere* | gwenwyno: *to poison* |
| medlai: *medley* | athrylith: *genius* |
| angerdd: *passion* | yr ymleddir . . . : *that . . . are fought,* |
| droeon: nifer o weithiau | (ymladd) |
| mi wyddwn: roeddwn yn gwybod | rhyfeloedd: *wars* |
| na welswn: doeddwn i ddim wedi | arfau: *weapons* |
| gweld | Nid cynt: *No sooner* |
| wedi atgyfodi: *had resurrected* | |

Doctor yn ôl. Roeddwn i am gael y fraint o'ch cyfarfod, dyna i gyd.' Yr oedd rhyw galedwch yn ei lygaid.

'Chi yw'r dyn o'r gorffennol, yntê?'

'Ie . . .' meddwn i. 'Sut y gwyddech chi hynny?'

Estynnodd bapur newydd imi, ac ar y tudalen flaen yr oedd llun ohonof.

'Gaf i ddweud,' meddai'r dyn, 'fy mod i'n falch o gyfarfod â gŵr o'r hen ddyddiau dedwydd gynt? Y dyddiau llewyrchus pan oedd Cymru'n un â Lloegr a gwleidyddiaeth yn gall.'

'Wel, fuaswn i ddim yn dweud eu bod nhw'n ddyddiau llewyrchus,' meddwn i. 'Mae Cymru—hynny welais i ohoni— yn edrych yn fwy llewyrchus heddiw . . .'

'Gwrandewch.' Yr oedd y dyn yn annifyr o agos i'm hwyneb. 'Rwy'n gofyn ichi ddod i annerch cyfarfod mawr heno yn Neuadd Siarl y Trydydd. Fe fydd cerbyd yn eich disgwyl chi wrth dŷ Doctor Llywarch am saith.'

'Annerch cyfarfod! Ond . . . ond i beth?'

'I ddweud wrth y dyrfa hardd fydd yno mai dyddiau Prydain Unedig oedd oes aur Cymru, ac i annog Cymru i fynd yn ôl i'w hen ffyrdd.'

'Ond,' meddwn i, 'dydw i 'rioed wedi annerch cyfarfod cyhoeddus yn y 'mywyd . . .'

'Dechreuwch heno. Fe dalwn ni'n hael ichi. Ac os na ddowch . . .'

'Wel?'

'Fe all fod yn edifar gennych.'

A diflannodd y dyn cyn gynted ag y daeth. Edrychais o'm cwmpas. Yr oedd pawb arall, yn amlwg, yn rhy frwd yn trafod y gêm i glywed y sgwrs rhwng y dyn a minnau. Wrth weld eu hwynebau llon a chlywed eu chwerthin, aeth fy arswyd yn llai. Ond yr oedd y dyn diarth a'i fygythiad cynnil wedi f'ysgwyd. Pan ddaeth Llywarch yn ôl, dywedais y stori wrtho.

'Wnaethoch chi ddim addo mynd, Powel?'

---

braint: *privilege*  
caledwch: *hardness*  
dedwydd: hapus  
llewyrchus: *prosperous*  
yn gall: *sensible*  
yn annifyr: *unpleasantly*

annerch: *to address*  
annog: *to urge*  
Fe all fod . . .: h.y. *You could regret it*  
arswyd: ofn mawr  
bygythiad: *threat*  
cynnil: h.y. *veiled*

'Naddo, ond . . .'

'Da iawn. Un o sgowtiaid C.P.U. oedd hwnna ddaeth atoch chi.'

'Un o wŷr y Crysau Coch?'

'Yr un mudiad. Ond anghofiwch nhw'n awr. Chân nhw ddim ymyrryd â chi. Edrychwch. Mae'r ddau dîm yn dod yn ôl.'

Yng nghynnwrf ail hanner y gêm mi anghofiais y dyn o'r C.P.U.

Wrth y llidiart ar y ffordd allan (a Chaerdydd yn fuddugwyr), trodd Llywarch ataf.

'Ai gwell yntê gwaeth yw pêl droed Cymru heddiw, Powel?'

'Peidiwch â bod yn greulon,' meddwn i wrtho. 'Does dim ond un ateb i'r cwestiwn yna.'

Pinsiodd fy mraich yn garedig.

'Mae cenedl yn gwneud pethau mawr wedi colli'i chymhleth israddoldeb,' meddai.

---

Chân nhw ddim: *They will not be allowed*, (cael)
ymyrryd: *to interfere*
cynnwrf: cyffro

buddugwyr: enillwyr
cymhleth israddoldeb: *inferiority complex*

## PENNOD 9

Y noson honno, aeth Doctor a Meistres Llywarch a minnau i'r Chwaraedy Cymraeg i weld Mair yn y ddrama. Wedi cyrraedd fy sedd, fe'm gwneuthum fy hun yn gysurus ynddi a throi dalennau'r rhaglen. Tu mewn i'r clawr yr oedd y geiriau hyn:

> Yr ydych yn awr yn un o chwaraedai Theatr Genedlaethol Cymru. Mae gan y Theatr Genedlaethol chwaraedai hefyd ym Mangor, Wrecsam, Aberystwyth ac Abertawe. Mae ganddi at eich gwasanaeth staff a chwmni sy'n rhifo dau gant. O ble y daw ein bara menyn, ddau gant ohonom, meddech chi? Mae gennym Lywodraeth yng Nghymru sy'n garedig wrth gelfyddyd. Mae hi drwy'r Llys Celfyddyd, yn estyn inni gymorth o hanner miliwn o bunnau bob blwyddyn . . .

Awgrymais i Llywarch mai baich go fawr ar wlad fach oedd talu hanner miliwn y flwyddyn at gynnal theatr.

'Dim mwy o faich nag ar wledydd bach eraill,' ebe Llywarch. 'Cofiwch nad oes gyda ni ddim lluoedd arfog i odro'n pocedi, a dim trethi ymerodrol i'w talu. O na, mae Cymru'n ei styried hi'n ddyletswydd ac yn fraint noddi'i chelfyddydau.'

Bychan oedd y chwaraedy, yn dal efallai drichant o edrychwyr. Yr oedd yn dda gennyf weld llenni o flaen y llwyfan, a deall mai drama 'draddodiadol' a chwaraeid yma heno. Eglurodd Llywarch ei bod yn bolisi gan y Theatr Genedlaethol gyflwyno drama draddodiadol bob yn ail â drama gyfoes. Yr oeddwn yn ffodus yn fy noson.

Un peth a'm trawodd i yn ystod yr act gyntaf oedd actio gloyw a hyderus y cwmni. Yr oedd cystal â llawer actio a welswn yn

---

fe'm . . . fy hun: fe wnes i fy hun
baich: llwyth, *burden*
lluoedd arfog: *armed forces*
godro: *to milk*
ymerodrol: *empire*
styried, ystyried: *to consider*
dyletswydd: *duty*

braint: *privilege*
noddi: *to sponsor*
celfyddydau: *arts*
a chwaraeid: oedd yn cael ei chwarae
cyfoes: *contemporary*
a'm trawodd: *that struck me,* (taro)
gloyw: disglair

Llundain yn fy nghyfnod i. Peth arall a'm trawodd oedd eu Cymraeg llwyfan llithrig. Yr oedd y Gymraeg wedi tyfu'n iaith lwyfan.

Rhaid imi gyfaddef fod y stori'i hun yn llai pwysig i mi, er mor rhagorol oedd yr actio. Mair oedd biau fy llygad a'm clust. Wedi iddi hi adael y llwyfan, yr oedd yn wacach, dywyllach. Nid oedd actio grymus (y lleill) yn llenwi'r bwlch a adawodd hi.

Ar ddiwedd yr ail act, aeth Llywarch a'i wraig a minnau i'r ffreutur am gwpanaid o goffi. Yr oedd cyrfau a gwinoedd a gwirodydd i'w cael yno hefyd, ond un yn unig a welais yno'n yfed peth felly. Y dyn a eisteddodd yn f'ymyl am funud yn y gêm bêl droed y pnawn. Y dyn o'r C.P.U.

Buaswn yn nabod yr wyneb hwnnw yn rhywle. Yr oedd yn edrych arnaf. Ni pheidiodd ag edrych arnaf tra fuom yno. Ac wrth inni fynd yn ôl i'r neuadd cerddodd heibio imi a dweud dan ei wynt wrth basio,

'Trueni na fyddech wedi dod i annerch y cyfarfod heno, Meistr Powel.'

Dyna'r cyfan. Ond fe lwyddodd i'm hanesmwytho, ac ni lwyddais i daflu'r anesmwythyd i ffwrdd tra fûm yn y theatr y noson honno.

(Pan ddaeth y ddrama i ben) aethom ein tri allan i'r stryd, ac amneidiodd Llywarch ar un o'r cerbydau radio a oedd yn mynd heibio. Daeth hwnnw i'n hymyl.

'Dyn ni ddim yn mynd adre i ginio heno,' ebe Llywarch. 'Rwyf am fynd â chi i dŷ bwyta nodweddiadol o Gaerdydd Gymreig. *Y Dresel Dderw.* Pobol o Wynedd sy'n ei gadw, ac mae'n lle da.'

'Ond pam mae o'n nodweddiadol o Gaerdydd?'

'O, fe synnech y degau o bobol sy wedi dod i Gaerdydd o Gymru wledig, ac wedi agor tai bwyta. Ac maen nhw'n gwneud trâd aruthrol.'

---

llithrig: *smooth*
grymus: *forceful*
cyrfau: cwrw
gwirodydd: *diodydd*
dan ei wynt: *under his breath*
i'm hanesmwytho: *to make me uneasy*
anesmwythyd: *unease*

amneidiodd Ll.: *Ll signalled,* (amneidio)
Y Dresel Dderw: *The Oak Dresser*
fe synnech: *you'd be surprised,* (synnu)
degau: 10 × 10 × 10 etc.
trâd: *trade*

'Yn filiwnyddion?'

Gwenodd Llywarch.

'Dyw hi ddim yn hawdd mynd yn filiwnydd o dan y Llywodraeth bresennol.'

'Ond pam?'

'Wel, cymerwch gyfaill i mi yn enghraifft. Siâms Owen, sy'n cadw tri thŷ bwyta yng Nghaerdydd yma. Mae'r tŷ bwyta cyntaf yn talu'n rhagorol. Mae'r ail, yn talu'n wael, er ei fod yn gwneud busnes mawr. A dyw'r trydydd ddim yn talu o gwbwl, er bod arian mawr yn mynd drwy hwnnw hefyd.'

'Ond sut mae hynny'n bosib?'

'Am fod y Llywodraeth yn trethu busnes cynta dyn yn ysgafn, ond yn trethu'r ail yn drwm, a'r trydydd yn drymach fyth. Dych chi'n gweld, dyw Llywodraeth Cymru ddim yn gwahardd cyfalafiaeth. A dweud y gwir, dyw hi'n gwahardd dim os gall hi beidio. Ond mae hi'n gwneud cyfalafiaeth ar raddfa fawr yn economaidd anymarferol. Mae'n talu'n well i gadw un siop nag i gadw tair—a siarad yn gyffredinol, wrth gwrs.'

'Ond pam na all eich cyfaill Siâms Owen redeg ei dri chaffe yn un busnes?'

'A! Dyna'r unig le y mae'r gyfraith yn ymyrryd. Os ych chi'n agor busnes mewn dau le, dau adeilad, rych chi'n agor dau fusnes. Ac mae'n rhaid ichi gadw cyfrifon pob busnes ar wahân. Amcan y trethiant yma yw sefydlu busnesion teulu—y ffarm fach, y siop fach, y bwyty bach—dyna'r pethau sy'n talu yng Nghymru heddiw. A dyna, yn ôl y Llywodraeth, yw sylfaen bywyd cenedlaethol iach.'

'Ond edrychwch,' meddwn i, a phwyntio at siop fawr hardd yn y coed y tu arall i'r stryd. 'Ydych chi'n dweud mai un teulu sy'n rhedeg honna?'

'O,' meddai (Llywarch). 'Dyna *Siop y Cyfeillion*. Na, siop gydweithredol yw honna. Yr unig ffordd y gellwch chi redeg busnes mawr mewn adeilad mawr yw ymuno â nifer o gyfeillion i'w redeg ar y cyd. Siopau cydweithredol yw siopau mwyaf Cymru heddiw.'

---

yn drymach fyth: *heavier still*
gwahardd: *to prohibit*
cyfalafiaeth: *capitalism*
ar raddfa fawr: *on a big scale*

cyfrifon: *accounts*
trethiant: *taxation*
sylfaen: *foundation*
cydweithredol: *co-operative*
ar y cyd: *jointly*

'A siopau'r Wladwriaeth?'

'Na, dyw'r Wladwriaeth byth yn cadw siop. Dim ond gwasanaethau cyhoeddus ar raddfa genedlaethol sy dan reolaeth uniongyrchol y Wladwriaeth.'

'Hylô?' meddai Mair drwy ffenest y car, ac yr oeddwn yn wir falch o'i gweld. 'Mae'n wir flin genny am fod mor hir,' meddai hi wedyn. 'Rwy'n siŵr fod ar Meistr Powel eisiau bwyd.'

'*Y Dresel Dderw,* os gwelwch yn dda,' ebe Llywarch (wrth y gyrrwr tacsi).

(Cyn hir) safodd y cerbyd o flaen adeilad diddorol. Yr oedd y peth tebycaf i ffermdy go fawr yn fy nghyfnod i. Aethom i mewn.

Daeth gwraig ganol oed atom a'n cyfarch yn Gymraeg.

'Wel, wel, Doctor a Meistres Llywarch,' meddai. 'Heb eich gweld chi ers oesoedd. Sut yr ydach *chi,* Ferch Llywarch?' meddai wrth Mair. 'Rwy'n clywed eich bod chi'n wych yn eich drama newydd.'

Cyflwynodd Llywarch fi iddi, a gofynnodd am fwrdd i bedwar.

'Oes 'ma ddawnsio heno,' gofynnodd Meistres Llywarch.

'Oes yn wir. Rydach chi'n ffodus iawn. Mae Telynores Penllyn a'i pharti gyda ni am wythnos.'

'Ydych chi'n dawnsio?' gofynnodd Mair imi.

'Wel ... tipyn bach,' meddwn i'n swil. 'Mi alla i wneud y walts yn weddol, ond ...'

Chwarddodd Mair.

'Na, nid y dawnsio hwnnw! Dawnsio gwerin.'

'O,' meddwn i, yn clywed y gwrid yn twymo fy wyneb. 'Na ... dim dawnsio gwerin.'

'Rhaid iti'i ddysgu e, Mair,' ebe Llywarch.

Daeth geneth atom, mewn bonet wen a barclod du a gwyn, a siôl sidan goch am ei sgwyddau.

'Meistres?' meddai, ac estyn y fwydlen i Meistres Llywarch.

Bwriodd Meistres Llywarch lygad cyfarwydd dros enwau'r bwydydd.

---

y Wladwriaeth: *the State*  
uniongyrchol: *directly*  
tebycaf: *likeliest*  
cyfarch: *to greet*  
yn wych: yn ardderchog  

y gwrid: *the blush*  
barclod: *apron*  
Bwriodd M.Ll. lygad: h.y. *M.Ll looked,* (bwrw llygad)  
llygad gyfarwydd: *a familiar look*

'Cawl cennin yntê cawl erfin?' meddai.

Cytunodd pawb ar gael erfin.

'Ac rwy'n argymell yr wyau rhost a'r bastai ffa,' meddai'r eneth.

'Oes yma gig?' gofynnodd Meistres Llywarch.

'Oes, ond dych chi *ddim* ...'

'Nac ydym. Ond mae Meistr Powel yma'n bwyta cig.'

'O, popeth yn iawn,' meddwn i'n garbwl.

'Heno,' meddai Mair, ac yr oedd ei llais yn llawn perswâd, 'mae Meistr Powel yn mynd i fwyta wyau rhost.'

'O, siŵr iawn,' meddwn i, 'siŵr iawn.'

'Diolch, Meistres.'

Wedi (i'r eneth) fynd, chwarddodd Mair.

'Fe wnawn ni Gymro modern ohonoch chi eto,' meddai wrthyf.

Erbyn inni orffen y cawl erfin yr oedd y bwyty wedi llenwi. Wrth y bwrdd ar y chwith inni yr oedd tair Americanes. Ar y dde inni yr oedd cwmni o Almaenwyr. Ac o un o'r byrddau ar draws y llawr, daeth llais Ffrengig.

'Magnifique, n'est-ce pas? C'est magnifique!'

Cyrhaeddodd yr wyau rhost a'r bastai ffa. Suddodd fy nghalon. Ond prin bod y tamaid cyntaf dan fy nannedd nad oeddwn wedi newid fy meddwl. Ymosodais yn awchus ar un o'r swperau gorau a gefais erioed.

Dechreuodd y swperwyr o'n cwmpas guro dwylo. Ar lwyfan yn un pen i'r stafell fwyta yr oedd nifer o ferched mewn boneti gwynion a barclodau siec. Daeth dyn atynt a ffidil dan ei gesail a chrymu. Ac yna, daeth y delynores, ac aeth y curo dwylo'n fyddarol.

Ni allaf gyfleu fy llawenydd pan drawodd y delynores *Gainc y Datgeiniad* ac y canodd y parti merched ran o awdl *Min y Môr*. Gwir bod rhywbeth yn wahanol yn y canu—yr oedd mor llithrig broffesiynol, yn un peth—ond doedd dim dadl am y peth, yr hen ganu penillion ydoedd. Bu curo dwylo nad anghofiaf mohono.

---

argymell: *to recommend*
yn garbwl: *clumsily*
yn awchus: *eagerly*
crymu: yn plygu
yn fyddarol: *deafening*

cyfleu: *to convey*
llawenydd: *joy*
dadl: *argument*
nad anghofiaf: *that I shall not forget,*
(anghofio)

Cyrtsiodd y merched, a llifo oddi ar y llwyfan. Torrodd llifolau ar y delynores a'r ffidler, a dyna daro dawns.

Cododd Mair oddi wrth y bwrdd.

'Meistr Powel,' meddai. 'Dewch i ddawnsio.'

'O na, Miss Llywarch . . . os gwnewch chi f'esgusodi i . . .'

'Triwch hi, Powel,' meddai'i thad.

'Mi'ch dysga i chi,' meddai Mair.

Yr oedd tynfa Mair arnaf yn un gref, a chodais innau a phob tro y cyffyrddai law Mair â'm llaw innau yr oedd trydan ynof.

Ni wn i sut y gallai Mair ddal ati i ddawnsio, a hithau wedi chwarae yn y ddrama y noson honno. Ond dal ati'r oedd, fel petai'r dawnsio wedi rhoi egni newydd ynddi. Ni phylodd y direidi yn ei llygaid, nid aeth y wên oddi ar ei hwyneb. Yr oedd hi'n ddewinol.

'Maddeuwch i mi, Miss Llywarch . . .' meddwn i ar ddiwedd un ddawns.

'Mair ac Ifan ydym ni, yntê,' meddai, yn cymryd arni geryddu.

'O'r gora,' meddwn i'n swil braidd. 'Maddeuwch imi, Mair, mae 'nhraed i'n dechra blino. Mi fydda'n well genny eistedd.'

Er fy syndod, cerddodd at ddrws yn ymyl y llwyfan, a'i agor. Dilynais hi. Yr oeddem mewn gardd. Yn yr ardd yr oedd coed ffrwythau a goleuon ynddynt, ac yng nghanol yr ardd yr oedd ffynnon yn taflu'i dŵr i'r awyr a'r goleuon yn troi'r dŵr yn enfys. Arweiniodd Mair fi at fainc dan bren afalau yn ymyl y ffynnon.

Gwrandawsom sbel ar ganu'r parti penillion yn dod o bell. Torrodd Mair ar ein mudandod.

'Wel, Ifan, beth ydych chi'n feddwl o "Gymru Fydd"?'

'Mae'n brofiad od. Fel petawn i wedi dod o hyd i wladfa o Gymry mewn gwlad dros y môr.'

---

llifolau: *floodlights*
tynfa: *attraction*
cyffyrddai: roedd yn cyffwrdd
dal ati: *keep at it*
Ni phylodd: . . . *did not dim,* (pylu)
direidi: hwyl
dewinol: *magical*
yn cymryd arni: *(her) pretending,* (cymryd ar)

ceryddu: *to reprimand*
enfys: *rainbow*
mainc: *bench*
sbel: am dipyn o amser
mudandod: dim siarad, tawelwch
gwladfa: *colony*

40

'Ydych chi'n meddwl bod eich cenedl wedi dirywio er eich dyddiau chi?'

'O, naddo. Ddim wedi dirywio'n bendant. Mae 'ma ryw lawenydd nad oedd o ddim yn bod yn 'y nghyfnod i. Rhyw sirioldeb . . . Rydw i'n methu cynefino ag o'n iawn.'

'Rych chi wedi cynefino'n syndod mewn pedair awr ar hugain.'

'Diolch i chi, Mair.'

'I mi?'

Yr oedd ei llygaid tywyll arnaf, yn fy neall yn well nag yr oeddwn yn fy neall fy hun.

'Rydach chi, Mair, wedi gosod rhyw . . . rhyw ffocws i'm meddwl i. Rydach chi'n dal fy llygad i, yn dal fy sylw i ym mhopeth a wnewch chi, ac yn 'y ngorfodi i feddwl amdanoch chi. Mae hynny'n cadw 'meddwl i efo'i gilydd, rhag ofn iddo grwydro a drysu.'

'Rwy'n gweld.'

Edrychais arni, a gweld ei bod hi'n gwrido.

'Welais i neb erioed fel chi,' meddwn i wedyn yn fwy neu lai wrthyf fy hun.

'Do, wrth gwrs,' meddai. 'Laweroedd. Roedd yna ferched glanach, mwy deniadol na mi yn eich oes chi'ch hun.'

'Nac oedd. Ddim i mi.'

Chwarddodd yn isel, yn felys.

'O, rydych chi'n rhamantu'n awr.'

'Pam lai? Pan welais i chi yn y ddrama heno, yn dal y llwyfan fel y gwnaethoch chi, fe . . . fe wnaethoch rywbeth i 'nghalon i.'

'Ifan . . . mae'n well inni fynd i mewn. Fe fydd 'Nhad a Mam yn anesmwytho.'

Pan aethom yn ôl, yr oedd dawns ola'r noson yn ei hanterth. Cododd Doctor a Meistres Llywarch eu llygaid, a'n gweld. Yr oedd llygaid Meistres Llywarch yn gwenu, llygaid yr Athro braidd yn syn.

'Adref yn awr,' meddai gan godi. 'Mae'n tynnu am hanner nos ac mae bore fory'n fore Sul. Rhaid codi i fynd i'r eglwys.'

---

| | |
|---|---|
| dirywio: *to deteriorate* | Laweroedd: llawer |
| sirioldeb: *cheerfulness* | glanach: h.y. pertach |
| cynefino: *to get used to* | anesmwytho: *to get restless* |
| drysu: *to confuse* | yn ei hanterth: *at its peak* |
| gwrido: *to blush* | |

Yn fy ngwely y noson honno, cesglais o flaen fy meddwl ddigwyddiadau'r dydd. Y daith drwy'r dref heulog, y munudau yn stydi Llywarch yn y coleg a'r munudau cyffrous yn ei labordy, y gêm bêl droed, y ddrama—a Mair ynddi, y swper a'r ddawns a'r Cymry llawen yn y bwyty—a Mair gyferbyn â mi, a'r egwyl yn yr ardd—a Mair yn f'ymyl. Am un funud ddiflas, daeth wyneb y dyn o'r C.P.U. o flaen fy meddwl. Ond ciliodd hwnnw, ac yn ei le drachefn daeth wyneb Mair. A chysgais.

cesglais: *I gathered,* casglu
egwyl: *interval*
ciliodd: *it receded,* (cilio)
drachefn: eto

# PENNOD 10

Yr oedd bore Sul yn odidog braf. Toc wedi hanner awr wedi naw, yr oeddd pedwar ohonom yn barod i gychwyn i'r gwasanaeth deg.

'Eglwyswr ydach chi felly,' meddwn i wrth Llywarch.

'Eglwyswr?'

'Rydach chi'n perthyn i'r Eglwys yng Nghymru.'

'O, mi wela beth sy'n eich meddwl chi. Nage, perthyn i Eglwys Unedig Cymru—fel mwyafrif mawr ein cenedl. Mae hynny'n newydd i chi, wrth gwrs.'

'Ydi, wir.'

'Wel, mi ddweda i beth wnawn ni. Fe gymerwn ni'n dau ginio yn ffreutur yr eglwys, ac efallai y galla i drefnu ichi gael gair â Meistr Bowen yr offeiriad neu Meistr Rhys y gweinidog.'

Yr oedd yr eglwys yn sefyll ar ganol llain o dir glas. Ar un cwr i'r llain yr oedd clwstwr o adeiladau isel. Eglurodd Llywarch mai adeiladau'r eglwys oeddynt hwy: y ffreutur, y llyfrgell, y neuadd a'r stafelloedd pwyllgor. Yr oedd pobl yn tyrru o bob cyfeiriad, yn ddynion a merched, ac wedi mynd i mewn mi ryfeddais weld bod yr eglwys yn llawn.

Cododd y gynulleidfa fel un gŵr pan ddaeth yr offeiriad i'r gangell. Boreol Weddi oedd y gwasanaeth hwn, yn hen ddull Eglwys Loegr. Darllenodd yr offeiriad y gwasanaeth drwyddo mewn Cymraeg hyfryd i'r glust. Un peth yn unig oedd yn ofid i mi. Nid oedd neb o'r gynulleidfa fawr yn canu. Gadewid y canu i'r côr bychan o boptu i'r offeiriad, ac yr oedd y côr bychan hwnnw, a'r organ, yn wledd.

Pan aethom allan o'r eglwys am chwarter i un ar ddeg, yr oedd rhagor o bobl yn dod i mewn drwy'r llidiardau.

---

| | |
|---|---|
| toc: yn fuan iawn | tyrru: *to flock* |
| mwyafrif mawr: y rhan fwyaf | fel un gŵr: h.y. gyda'i gilydd |
| llain: *strip (of land)* | y gangell: *the chancel* |
| tir glas: h.y. tir gwyrdd | Gadewid: *was left*, (gadael) |
| cwr: *edge* | o boptu: ar bob ochr |
| clwstwr: *cluster* | llidiardau: gatiau |

'Dyma'r ail eisteddiad,' ebe Llywarch. 'Yn hytrach nag ehangu'r eglwys yn ôl yr angen, fel y gwnaethai crefyddwyr canrif a hanner yn ôl, rydym ni'n trefnu dau Gymun y bore, un am wyth ac un am hanner awr wedi—dau wasanaeth boreol, a dwy bregeth yr hwyr—un am chwech a'r llall am hanner awr wedi saith. Ac mae pob aelod yn hysbysu'r offeiriad i ba wasanaeth y mae'n debyg o fynd, er mwyn trefnu lle i bawb. Mae adeilad rhy fychan yn seicolegol well nag adeilad rhy fawr. Ddowch chi gyda mi i'r Ysgol Sul?'

'Y pnawn?'

'Nage. Yn awr. Does yr un eglwys yn cynnal gwasanaeth y pnawn. Rydyn ni'n ceisio cofio bod y Sul yn ddydd i orffwys yn ogystal ag i addoli.'

Aethom ar hyd rhodfa'r eglwys tua'r clwstwr adeiladau ar gwr y llain. I mewn ac ar hyd coridor, ac fe'm cefais fy hun mewn stafell gyda dwsin neu fwy o fechgyn rhwng ugain a phump ar hugain oed.

Sylwais ar wynebau'r bechgyn. Wynebau siriol bron bob un, a rhyw ddireidi cynnes yn ambell lygad.

Caffetaria oedd yn ffreutur yr eglwys, pawb yn ei helpu'i hun i ginio. Gofynnais i Llywarch pam yr oedd cynifer o bobol yma yn lle mynd adref.

'Wel, am ddau reswm,' ebe Llywarch. 'Yn un peth, fel y cewch chi weld, mae'n gyfle i barhau trafodaeth yr Ysgol Sul. Y rheswm arall yw ei fod yn gyfle i gael gair â'r offeiriad. Ac mae hynny'n beth poblogaidd iawn erbyn hyn. Fe fydd swper yma heno ar ôl yr ail bregeth, ac fe fydd amryw yn aros i gael sgwrs â'r gweinidog.'

Disgynnodd cysgod ar y bwrdd o'n blaenau.

'Bore da, bawb,' meddai'r offeiriad.

'Bore da, Reithor,' meddai'r lleill.

Cyflwynodd Llywarch fi iddo, a lledodd ei lygaid.

'Wel, rwy wedi clywed llawer amdanoch eisoes, Meistr Powel, ac rwy'n falch iawn o'ch cyfarfod. Mi garwn i chi a

---

ehangu: gwneud yn fwy
fel y gwnaethai: fel yr oedd ... wedi
  gwneud
Cymun: *Communion*
hysbysu: *rhoi gwybod*
siriol: *hapus*

direidi: yn llawn sbri
cynifer: llawer
trafodaeth: *discussion*
amryw: nifer
Rheithor: *Rector*
lledodd: agorodd, (agor)

44

Doctor Llywarch gymryd coffi gyda mi yn yr ardd ar ôl cinio. Wnewch chi?'

Derbyniais y gwahoddiad, ac aeth yr offeiriad yn ei flaen i gael gair â'r byrddaid nesaf.

---

byrddaid: h.y. pobl wrth y bwrdd
  nesaf

# PENNOD 11

Yr oedd yr offeiriad yn eistedd mewn hafdy bychan yng ngardd yr eglwys, ac o'i flaen yr oedd powlen wydr yn llawn o goffi, a fflam fechan yn llosgi dani.

'A, dim ond mewn pryd, gyfeillion.'

Estynnodd dair cwpan, ac arllwys y coffi iddynt â llwy bren.

'Siwgir coch a hufen, gyfeillion, faint a fynnoch chi. Wel, mae'n sicir fod gennych chi lawer o gwestiynau i'w gofyn. Mi wna 'ngorau i ateb.'

'Does dim ond un cwestiwn y medra i ofyn, am wn i,' meddwn i. 'Beth yn union ydi'r Eglwys Unedig yma?'

'Wel,' ebe'r offeiriad, 'fe wyddoch chi, rwy'n siŵr, fod mudiad go gryf ar gerdded yn eich oes chi'ch hunan o blaid undeb eglwysig . . .'

'Roedd yna rywbeth felly.'

'Yn naturiol iawn, fe gryfhaodd hwnnw, a dal i gryfhau, nes yr oedd yn ddigon cryf i orfodi arweinwyr yr enwadau i gyd i roi'u pennau gyda'i gilydd i weld a oedd rhyw fath o undeb yn bosibl. Pan oedd y trafodaethau yn eu hanterth yng Nghymru yma, fe dorrodd y Deffroad Mawr drwy'r wlad—a thros rhan helaeth o'r byd, a dweud y gwir. Yng ngwres y Deffroad, yr oedd yr enwadau yn y pentrefi ac mewn amryw o'r trefi yn toddi'n un gynulleidfa. I dorri'r stori hir yn fyr, fe ffurfiwyd Eglwys Unedig Cymru.'

Estynnodd Llywarch ei gwpan am ragor o goffi.

'Doedd yr Undeb ddim yn llwyddiant cyfan gwbl, wrth gwrs,' meddai.

'Peidiwch â mynd â'm stori o 'ngenau i, Llywarch,' ebe'r

---

hafdy: tŷ haf
faint a fynnoch chi: gymaint rydych chi'i eisiau
o blaid: *in favour*
fe gryfhaodd hwnnw: *that strengthened,* (cryfhau)
gorfodi: *to compel*

enwadau: *denominations*
Y Deffroad Mawr: *The Great Awakening*
y rhan helaeth: y rhan fwyaf
gwres: tân
fe ffurfiwyd: *was formed,* (ffurfio)
cyfan gwbl: i gyd

offeiriad yn gellweirus, gan dywallt coffi iddo. 'Doedd yr Undeb ddim yn llwyddiant gant y cant. Methwyd â chael pob dafad i mewn i'r gorlan. Fe arhosodd rhai o eglwysi'r Bedyddwyr a'r Annibynwyr allan, llawer o'r Cristadelffiaid a'r Pentecostaliaid. Ac fe arhosodd Eglwys Rufain allan, wrth gwrs, yn ei chrynswth. Ond fe gychwynnodd yr Eglwys Unedig ei gyrfa yn eglwys gydnerth o ryw hanner miliwn, ac mae wedi parhau i gynyddu'n gyson byth oddi ar hynny.'

'Roedd llawer o wrthwynebwyr Undeb yn 'y nghyfnod i,' meddwn i.

'Wrth gwrs, fe ofalodd yr Ysbryd Glân yn ei ddoethineb dwyfol fod yr Eglwys Newydd yn cyfarfod ag anghenion pawb.'

'Sut felly?'

'Os yw Doctor Llywarch wedi gorffen ei goffi, mi af â chi i'r eglwys i ddangos ichi beth wy'n feddwl.'

Aeth yr offeiriad â ni ar hyd y rhodfa i'r eglwys. Wedi mynd i mewn i'r eglwys, gofynnodd,

'Powel, welwch chi ryw wahaniaeth yn yr adeilad yma'n awr?'

Edrychais o'm cwmpas.

'Wel, oes, mae,' meddwn i. 'Pan oedden ni yn y gwasanaeth y bore, roedd 'na gerfluniau bach o'r saint ar golofnau hyd ddwy ochor yr eglwys . . . ac roedd 'na allor . . .'

'Cywir, cywir,' ebe'r offeiriad. 'Roedd yr adeilad, yn wir, yn cynnwys popeth fyddai yn eglwys y plwy yn eich dyddiau chi. Ond wedi'r ail foreol weddi, mae'r gofalwr yn dod i mewn ac yn pwyso'i fys ar fotwm yng nghefn yr adeilad. Mae'r colofnau'n troi i guddio'r cerfluniau arnyn nhw ac yn cilio i'r parwydydd.

---

yn gellweirus: yn tynnu coes
gan dywallt: gan arllwys
gant y cant: 100%
y gorlan: the fold
Bedyddwyr: *Baptists*
Annibynwyr: *Independents*
Eglwys Rufain: h.y. Yr Eglwys
  Gatholig
yn ei chrynswth: *in its entirety*
cydnerth: cryf
cynyddu: *increase*

gwrthwynebwyr: *opponents*
doethineb: *wisdom*
dwyfol: *divine*
anghenion: *needs*
rhodfa: h.y. llwybr
cerfluniau: *statues*
allor: *altar*
eglwys y plwy: *parish church*
cilio: mynd yn ôl
parwydydd: waliau

Mae'r partisiwn yn disgyn ... A dyma chi—mewn capel ymneilltuol—yn barod am y bregeth heno.'

'Rhyfeddol,' meddwn i.

'Ac fe fydd y gwasanaeth heno mor ddiaddurn ag yw'r adeilad yn awr, ac fe fydd Meistr Rhys y gweinidog yn pregethu am dri chwarter awr. Ac fe fydd pawb yn canu.'

Yr oedd yr offeiriad yn gwenu'n llydan.

Aethom gydag ef i gefn y capel, lle'r oedd bedyddfaen gwyn hardd.

'Fe wyddoch beth yw hwn,' meddai. 'Yn hwn y bydda i'n bedyddio babanod. Ond o dano y mae bedyddfa, lydan a dwfn, lle bydda i'n bedyddio oedolion drwy drochiad.'

'Ond pam y mae angen gweinidog yn ogystal ag offeiriad yma?' meddwn.

'Mae gennym esgobion yn yr Eglwys Unedig, ac mae'r esgobion yn ordeinio Offeiriaid, Gweinidogion, Pregethwyr Teithiol, a Bugeiliaid. Ond mae pob eglwys yn llywodraethu'i hun. Fe benderfynodd yr eglwys hon rai blynyddoedd yn ôl mai'i hangen hi oedd Offeiriad a Gweinidog, a dyna pam y mae Rhys a minnau yma. Mi ddylwn egluro ichi fod gyda ni nifer da o weithwyr lleyg sy'n ymweld ag aelodau'r eglwys i gyd yn gyson. Mae'r gwaith gyda'r plant yn cael ei wneud bron i gyd gan leygwyr, a'r Diaconiaid sy'n gofalu am fusnes a bywyd cymdeithasol yr eglwys i gyd.'

'Un cwestiwn arall,' meddwn i. 'Maddeuwch ei fod o'n gwestiwn mor bersonol. Ydi Mr. Rhys a chitha'n cael cyflog go lew?'

Chwarddodd yr offeiriad.

'Cwestiwn yr ugeinfed ganrif, yntê! Wel, yn ffodus, does dim rhaid inni boeni am hynny. Mae'r Llywodraeth Gymreig wedi graddio cyflogau gweithwyr proffesiynol a chyhoeddus yn ôl eu safle a'u haddysg a'u profiad. Mae meddyg a gweinidog a phrifathro ysgol a chlerc sir neu gyngor dinesig sy wedi cael yr un faint o addysg a'r un faint o brofiad i gyd yn cael yr un cyflog.

---

ymneilltuol: *nonconformist*
rhyfeddol: *amazing*
diaddurn: heb addurn, (*decoration*)
bedyddfaen: *font*
trwy drochiad: *by immersion*

llywodraethu: *rheoli*
gweithwyr lleyg: *lay workers*
lleygwyr: *lay people*
go lew: eithaf da
graddio: *to grade*

A phetaech chi'n aelod eglwysig heddiw, fe gaech ddewis o ddwy ffordd i gyfrannu at eich eglwys. Naill ai cyfrannu o'ch gwirfodd, a chael lwfans o'ch treth gyflog yn ôl maint eich cyfraniad, neu adael i swyddogion y dreth nodi rhan o'ch treth ar gyfer eich eglwys.'

'Wel, Powel,' ebe Llywarch, 'ydych chi ddim wedi holi digon ar y Rheithor am heddiw? Mae'n bryd i ni fynd.'

'Dim trafferth o gwbwl, Powel bach,' ebe'r Rheithor. 'Yn wir, pleser pur. Pnawn da.'

Ac estynnodd ei law imi.

---

fe gaech ddewis: fe fasech yn cael    o'ch gwirfodd: h.y. heb i neb eich
    dewis                               gorfodi, (*compel*)
cyfrannu: rhoi

# PENNOD 12

Yr oedd yr oedfa y noson honno yn bopeth a addawsai'r offeiriad. Yr oedd yr eglwys yn llawn, y canu'n hwyliog, a Meistr Rhys y gweinidog yn bregethwr rhagorol. Yn wir—ac yr oedd hynny'n dipyn o syndod i mi—yr oedd mwy nag ychydig o'r hen hwyl Gymreig yn ei dôn.

Y peth a wnaeth yr argraff ddyfnaf arnaf, fodd bynnag, oedd rhywbeth a ddywedodd ar ei bregeth.

'Mae rhai,' meddai, 'yn ein hatgoffa, o hyd am y dyddiau gynt, ac yn dweud bod Cymru'n fwy ysbrydol rydd pan oedd hi'n wleidyddol gaeth. Ond mae Eglwys y Meistr yn iachach yng Nghymru heddiw nag y bu hi erioed, am ei bod hi bellach yn cael gwneud ei gwaith ei hun.'

Prin yr oeddem wedi cyrraedd adref pan ddaeth Meistres Llywarch at Llywarch a minnau yn yr ardd a dweud,

'Alfan, mae ar yr Ysgrifennydd Cartref eisiau gair â chi ar y gweleffon.'

'Y gweleffon?' meddwn i.

'Welsoch chi mo hwnnw, Powel?' ebe Llywarch. 'Dewch gyda fi.'

Aethom i stydi Llywarch. Yn ymyl ei ddesg yr oedd cwpwrdd heb ddrws iddo. Gwasgodd Llywarch fotwm ar ymyl y cwpwrdd a daeth golau iddo. Ac nid golau'n unig. Gwelwn ddyn canol oed yn edrych yn syth arnom ac yn dweud,

'Noswaith dda, Llywarch.'

Math ar set deledu oedd y cwpwrdd.

'Noswaith dda, Emrys,' ebe Llywarch. 'Mi garwn gyflwyno cyfaill ichi. Dyma Meistr Ifan Powel o'r ugeinfed ganrif. Powel, dyma Meistr Siarl Emrys, Ysgrifennydd Cartre'r Llywodraeth Gymreig.'

'Sut ydych chi, Meistr Powel?' meddai'r Ysgrifennydd Cartref, â gwên garedig. 'A dweud y gwir ichi, Llywarch, ynglŷn â Meistr Powel yr oeddwn i'n ffonio atoch chi. Fydd hi'n

---

addawsai: roedd wedi addo, (*promise*)  
hwyliog: yn llawn bywyd  
argraff ddyfnaf: *deepest impression*  

ysbrydol rydd: *spiritually free*  
gwleidyddol gaeth: *politically tied*  
prin: hardly  

50

bosibl i chi a Meistr Powel ddod yma i swper hwyr nos yfory? Mae (fy ngwraig) yn gorfod agor rhyw arddangosfa yng Ngheredigion yfory, ac fe fydd yn weddol hwyr arni'n cyrraedd adre.'

'Llawer o ddiolch, Emrys. Fe ddown ein dau.'

'Campus. Nos da.'

Toddodd yr Ysgrifennydd Cartref a'i stafell i'r gwyll, ac yr oedd y cwpwrdd yn wag fel o'r blaen.

Tuag un ar ddeg y noson honno, dywedodd Meistres Llywarch,

'Wn i ddim beth amdanoch chi ond rwyf fi am fynd i'r gwely. Alfan, rhowch y gorau iddi hi, a dewch i'ch gwely.'

'Yn y man, 'y nghariad i, yn y man. Mae arna i eisiau darllen tipyn cyn dod. Ewch chi.'

Cusanodd Meistres Llywarch ei gŵr ar ei dalcen, a Mair ar ei boch a rhoi ei llaw i mi.

'A minnau,' ebe Llywarch, 'af at fy llyfrau. Mi fydda i'n darlithio yn y coleg bore fory, Powel. Ond yn y pnawn, mi af â chi i weld Senedd Cymru wrth ei gwaith.'

Sylweddolais fy mod fy hunan gyda Mair. Yr oedd hi â'i chefn ataf, pa un ai o fwriad ni wyddwn.

'Mair. Wnewch chi ganu'r piano imi?'

'Mi wna i rywbeth gwell na hynny.'

Aeth at y pared yn ymyl y piano, ac â chyffyrddiad bys llithrodd radiogram fawr wen o'r pared. Rhoes Mair dâp ynddi a chau'r caead. Clywn denor yn canu.

'Nid . . . David Lloyd ydi'r tenor?' meddwn i.

Nodiodd Mair.

Ar ôl David Lloyd, daeth llais Bob Roberts, Tai'r Felin, yn canu *Mari Fach Fy Nghariad*. Daeth lwmp sydyn i'm gwddw. Rhywle, yn y blynyddoedd pell, yr oedd Tegid a Doctor Heinkel yn disgwyl amdanaf, yn dyfalu beth oedd yn digwydd imi. Ac yr

---

arddangosfa: *exhibition*
Toddodd: *melted*, (toddi)
rhowch y gorau iddi hi: *give up!*,
  (rhoi'r gorau i)
yn y man: cyn bo hir
pa un ai: *whether*
ni wyddwn: doeddwn i ddim yn
  gwybod

pared: wal
cyffyrddiad: *touch*
caead: *lid*
clywn: gallwn glywed
David Lloyd: tenor (1912-69)
Bob Roberts: canwr gwerin (1870-
  1951)
dyfalu: *to wonder*

oeddwn innau yma. A bron, bron yn dymuno aros yma, am mai yma'r oedd Mair.

Toc, tawodd y radiogram. Cododd Mair a'i gwthio'n ôl i'r pared. Safodd, ac edrych arnaf.

'Ga i adrodd rhywbeth ichi, Ifan?'

'O, gwnewch, Mair.'

'Y llynedd, fe wnaed ffilm o'r enw *Buddug* gan Adran Ffilmiau'r Theatr Genedlaethol. Chefais i ddim chwarae rhan Buddug. Mari Antoni oedd Buddug; hi yw'n hactores fwya ni heddiw. Ond mi gefais fod yn 'gysgod' iddi. Ac mae cael bod yn gysgod i Mari Antoni'n fraint, credwch fi.'

Symudodd Mair tua'r ffenest.

'Rwy'n meddwl,' meddai 'bod araith ola Buddug cyn cymryd gwenwyn ar faes y frwydyr yn un o funudau mawr y sinema Gymraeg. Mi garwn i ei dweud hi.'

Estynnodd ei llaw am y swits golau, ac aeth y stafell yn dywyll. Nid oedd dim ond goleuon y ddinas drwy'r ffenest ar ei hwyneb, ac yr oedd yr wyneb hwnnw yn y munudau hynny yn rhywbeth nad anghofiaf mohono. Dechreuodd yr araith yn dawel, ond o frawddeg i frawddeg aeth ei llais a'i hwyneb yn llais ac wyneb merch ifanc nwydus, yna'n wraig ddicllon, yna'n ddewines ryfelgar, ac yna'n hen, hen wraig. Pan orffennodd yr oeddwn yn llonydd gan edmygedd.

'Roedd hwnna'n fendigedig, Mair. Diolch ichi.'

'Adroddwch chi'n awr.'

'Fedra i ddim adrodd.'

'Canu 'te?'

'Na chanu chwaith.'

'Gwnewch rywbeth.'

Yr oedd un peth, fodd bynnag, y medrwn ei wneud. Pe meiddiwn. Croesais y stafell ati.

'Mair. Mae 'na un peth y medra i *ddweud,* o leia.'

---

fe wnaed ffilm: cafodd ffilm ei wneud
braint: *privilege*
araith: *speech*
Buddug: *Boadicea,* ymladdodd yn erbyn y Rhufeiniaid yn y ganrif gyntaf
gwenwyn: *poison*

nwydus: *passionate*
dicllon: mewn tymer ddrwg
dewines: merch yn gwneud *magic*
rhyfelgar: yn hoffi ymladd
edmygedd: *admiration*
Pe meiddiwn: *If I dared,* (meiddio)

'Beth yw hwnnw?'

'Chi ydi'r eneth hardda welais i eto.'

Daliodd ei phen i lawr, a throdd y tlws am ei garddwrn lawer gwaith.

'Dwy ddim yn credu bod hynna'n wir,' meddai o'r diwedd. 'Roedd merched hardd iawn yn yr ugeinfed ganrif.'

'Digon posib. Doedden nhw ddim yn yr un cae â chi.'

Symudodd oddi wrthyf ac edrych allan drwy'r ffenest.

'Mae arna i ofn.'

'Ofn beth?'

'Llais o'r gorffennol ydych chi, Ifan. Ymhen ychydig ddyddiau fe fyddwch yn mynd yn ôl . . .'

'Dydw i ddim yn siŵr.'

Trodd ac edrych arnaf.

'Beth ydych chi'n feddwl?'

Plygais fy mhen.

'Pan ddois i yma, wnes i ddim meddwl cyfarfod â neb fyddai'n golygu dim imi. Rydach chi wedi gwneud imi fod isio aros.'

Daeth gam neu ddau yn nes ataf.

'Ifan. Dim ond dau ddiwrnod sydd er pan welsoch chi fi gynta 'rioed. Dyw dau ddiwrnod ddim yn ddigon ichi ffurfio barn am neb. Wyddoch chi ddim amdana i.'

Yr oeddwn yn berffaith siŵr erbyn hyn fod arnaf eisiau aros.

'Ga i'ch cusanu chi, Mair?'

Edrychodd y ddau lygad tywyll arnaf yn dosturiol. Dywedodd yn araf,

'Dyw hi ddim yn arfer yng Nghymru Rydd i ddau gusanu'i gilydd wedi nabod ei gilydd cyn lleied â chi a fi. Ond ar wahân i hynny, alla i ddim gadael ichi. Mae 'nghusanau i'n beryglus.'

Gafaelodd yn dyner yn fy llaw.

'Nos da, Ifan annwyl.'

Pan godais i fy mhen, yr oedd hi wedi mynd. Sefais yno am sbel, yn ceisio ymgodymu â'r sefyllfa. Fe fyddai'n rhaid imi fynd yn ôl. Fe fyddai Tegid a Doctor Heinkel yn disgwyl, fe fyddai 'ngwaith yn disgwyl, fe fyddai 'mherthnasau a'm

---

| | |
|---|---|
| golygu: *to mean* | yn dosturiol: *with pity* |
| ffurfio: *to form* | cyn lleied: *(for) as little* |
| barn: *opinion* | ymgodymu: *to get to terms with* |

53

cydnabod i gyd yn disgwyl. Rhoddais y gorau i feddwl, a mynd i'r gwely. Ond yno ni ellais gysgu. Neithiwr, yr oedd meddwl am Mair yn help imi gysgu. Heno, yr oedd yn fy nghadw ar ddi-hun.

---

cydnabod: *acquaintances*
Rhoddais y gorau: Gorffennais,
   (rhoi'r gorau i)
ni ellais . . . : methais â mynd i gysgu,
   (gallu)
ar ddi-hun: *awake*

## PENNOD 13

Bore trannoeth, ar ôl brecwast, digwyddais ofyn i Meistres Llywarch am y papur newydd.

'Wel, sefwch chi,' meddai. 'Mae hi'n awr bron yn ddeg o'r gloch. Fe gafodd Alfan *Y Negesydd* y bore 'ma cyn mynd allan, ond mae'n amser *Herald Caerdydd* 'nawr, os carech chi'i gael.'

Cerddodd Meistres Llywarch at y pared ger y ffenest, a throi dwrn, a rhoi darn arian mewn hollt fach. Yr oeddwn wedi sylwi eisoes fod yno len, debyg i len sinema ond nid cymaint, ac yr oeddwn wedi casglu mai math ar set deledu ydoedd. Gosododd Meistres Llywarch dair neu bedair dalen o bapur ar wyneb y llen.

Dechreuodd y llen furmur yn isel, ac o un i un disgynnodd papur ar fath o hambwrdd o'i blaen. Cododd Meistres Llywarch hwy, a'u gosod yn fy llaw. Syllais arnynt yn syn. Yn fy llaw yr oedd tair neu bedair dalen o bapur newydd, ac arnynt brint a darluniau—popeth fel a ddylai fod ar bapur newydd, ond bod y dalennau wedi'u hargraffu ar un tu yn unig.

'Dyma'r ffordd y mae'n papurau'n ein cyrraedd ni heddiw. Mae'r gweisg yn ffotograffio'u dalennau i holl setiau'r wlad. Bob hyn a hyn mae casglwr y wasg yn dod i gasglu'r arian.'

'Rhwydd iawn, wir. A dyma *Herald Caerdydd*. Fe ddwedsoch fod Doctor Llywarch wedi cael papur arall y bore 'ma?'

'Do. Maen nhw'n teledu'r *Negesydd* bob bore o saith o'r gloch tan wyth. Yna maen nhw'n teledu'r *Messenger*—yr un papur yn Saesneg—o wyth tan naw. *Herald Caerdydd o naw tan ddeg, a'r Cardiff Herald*—ei gymar Saesneg—o ddeg tan un ar ddeg.'

Rhedodd fy llygad ar hyd y dalennau papur newydd. Yn sydyn, safodd fy llygad ar bennawd go fras ar un o'r dalennau.

---

| | |
|---|---|
| Bore trannoeth: bore wedyn | Syllais: *I stared,* (syllu) |
| carech: hoffech, (caru) | fel a ddylai fod: *as it should be* |
| pared: wal | argraffu: *to print* |
| dwrn: *knob* | gweisg: *presses* |
| hollt: *slot* | teledu: *televise* |
| casglu: *to conclude* | cymar: *partner* |
| murmur: *murmur* | pennawd: *headline* |
| hambwrdd: *tray* | go fras: eithaf mawr |

ERGYDION LIW NOS GER LLYN Y FAN. O dan y pennawd yr oedd llun. Llun llanc mewn gwisg filwrol yr olwg. Yr oedd y llun mewn lliw, ac mi sylweddolais ar ba beth yr oeddwn yn edrych. Yr oedd llanc mewn crys porffor.

'Yr C.P.U., os cofiaf yn dda,' meddwn wrthyf fy hun. Darllenais ymlaen.

Neithiwr, yn ymyl Llyn y Fan, pan oedd dau ffermwr ifanc yn mynd adref o noson lawen, fe glywon nhw ergydion yng nghyfeiriad y llyn. Wedi brysio tua'r sŵn, fe welon ddyn yn gorwedd, wedi'i glwyfo yn ei fraich chwith. Ni fuon fawr o dro cyn galw am feddyg a heddwas, ac fe aed â'r dyn i'r sbyty.

Y dyn a glwyfwyd oedd dirprwy Siryf Brycheiniog, gŵr sy wedi siarad yn llym fwy nag unwaith yn erbyn y Crysau Porffor. Barn yr Heddlu yw fod rhai o'r Crysau wedi atal ei gerbyd ac wedi'i saethu yn ei fraich yn rhybudd iddo atal ei ymosodiadau.

Mae'r Heddlu'n tybio mai Gwilym Quennell, rhingyll yn y Crysau Porffor, fu'n gyfrifol am yr ymosod, ac mae Quennell wedi'i ddal am ychydig ddyddiau i'w holi.

Cofiais am y dyn a ddaeth ataf yn y gêm bêl droed bnawn Sadwrn, ac wedyn yn ffreutur y chwaraedy gyda'r nos. Ond cyn imi ddiflasu fawr, mi welais bennawd arall yn y papur. CAMP NEWYDD MERCH LLYWARCH.

Wrth gwrs, cyfeirio at Mair yn y ddrama a welswn nos Sadwrn. Nid fi yn unig, felly, oedd wedi fy llyncu ganddi. Am funud, euthum yn sâl gan eisiau'i chwmni. Yr oedd hi yn rhywle yn y ddinas, yn rihyrsio yn y theatr efallai, neu . . . neu'n yfed coffi gyda rhyw sbrigyn o actor neu gynhyrchydd brwd. Sylweddolais fy mod yn eiddigeddus.

---

| | |
|---|---|
| ergydion: *shots* | yn llym: *harshly* |
| liw nos: yn ystod y nos | atal: stopio |
| yr olwg: yn edrych fel | ymosodiadau: *attacks* |
| wedi'i glwyfo: *been injured* | tybio: meddwl |
| Ni fuon fawr o dro: Fuon nhw ddim yn hir iawn | rhingyll: *sergeant* |
| heddwas: plismon | diflasu fawr: h.y. *get too miserable* |
| fe aed â'r dyn: *the man was taken,* (mynd â) | camp: *feat* |
| a glwyfwyd: *who was injured,* (clwyfo) | cyfeirio: *to refer* |
| dirprwy: *deputy* | sbrigyn: *upstart* |
| siryf: *sheriff* | cynhyrchydd: *producer* |
| Brycheiniog: *Breconshire* | brwd: *enthusiastic* |
| | eiddigeddus: *envious* |

## PENNOD 14

'Rydych chi'n ffodus, Powel,' ebe Llywarch ar ôl cinio canol dydd. 'Mae dadl bwysig yn y Senedd y pnawn 'ma.'

'Ar beth, Doctor?'

'Er pan gawson ni hunanlywodraeth, mae Cymry ar wasgar dros y byd i gyd wedi bod yn ymfudo'n ôl i Gymru. Ond mae llawer eto heb ddod ac mae llawer o'r Cymry heb ddigon o arian wrth gefn i godi tocyn llong, heb sôn am docyn awyren.'

'Beth all y Senedd ei wneud?'

'Mae'r Llywodraeth yn cyflwyno mesur i dalu costau teithio'r bobol hynny'n ôl i Gymru.'

'Oes rhywun yn gwrthwynebu?'

'Oes. Mae rhai yn ofni gor-boblogi Cymru. Mae poblogaeth Cymru eisoes yn dair miliwn a hanner. Mae'r wrthblaid yn ofni y byddai miliwn arall o drigolion yn fwy nag y gall Cymru'u cynnal.'

Yr oedd yr oriel yn rhwydd lawn. Llanwodd seddau'r Tŷ oddi tanom ag aelodau seneddol—cant o aelodau i gyd. (Dilynwyd hwy gan y Prifweinidog, ei Weinidogion, a Chymedrolwr y Tŷ.) Wedi sibrwd wrth hwn a'r llall, cododd y Cymedrolwr i osod y mater gerbron, a galw ar yr Ysgrifennydd Cartref i'w hagor. Cerddodd Siarl Emrys i'r rostrwm a dechrau llefaru. Cofiais yn y fan fod Llywarch a minnau i fynd i'w dŷ i swper y noson honno.

Profiad rhyfedd oedd gwylio Senedd Cymru wrth eu gwaith. Y Senedd yr oeddwn i wedi'i gwrthwynebu, wedi wfftio ati. Nid

---

dadl: *debate*
Senedd: *Parliament*
hunanlywodraeth: *self-government*
ar wasgar: *scattered*
ymfudo: *to emigrate*
wrth gefn: *in reserve*
Beth all . . .?: Beth mae . . . yn gallu
mesur: *bill*
gwrthwynebu: *to oppose*
gor-boblogi: *to overpopulate*
poblogaeth: *population*

eisoes: yn barod
gwrthblaid: *opposition party*
trigolion: *inhabitants*
oriel: *gallery*
yn rhwydd lawn: h.y. yn llawn
oddi tanom: danon ni
Cymedrolwr: h.y. cadeirydd
sibrwd: dweud yn dawel
gerbron: o flaen
llefaru: siarad
wfftio: *to mock*

oeddwn yn credu y gallai Cymru fforddio'i senedd ei hun, ac nid oeddwn yn credu y byddai'n beth da hyd yn oed pe gellid ei fforddio. Byddai Tegid yn falch pan awn yn ôl a dweud wrtho.

Yn Gymraeg y siaradodd Siarl Emrys, ond yn Saesneg yr atebodd yr Wrthblaid ef. Yn ystod y ddwyawr y buom yno, siaradodd amryw yn Gymraeg ac amryw yn Saesneg, ond ni chlywais neb yn cyfieithu. Yr oedd yn amlwg fod pawb yma'n deall y ddwy iaith, ond fod yn well gan bawb siarad yn gyhoeddus yn ei iaith gyntaf.

Swm a sylwedd y ddadl oedd fod y Llywodraeth yn argymell estyn grant i bob un o waed Cymreig yn unrhyw un o wledydd y Gymanwlad Brydeinig a oedd yn dymuno dod i Gymru i fyw, os gallent brofi na allent dalu'r cludiad. Gwrthwynebai'r Wrthblaid am fod arnynt ofn gor-boblogi Cymru. Cododd y Dirprwy Ysgrifennydd Cartref i ddweud (eu bod) wedi gwneud arolwg manwl, ac wedi dod i'r casgliad y gallai rhannau o Gymru wledig fforddio dyblu'u poblogaeth. Yr oedd y boblogaeth yn denau o hyd ar Hiraethog a'r Berwyn a Bannau Brycheiniog a gwlad Pumlumon ac ucheldiroedd eraill.

Gorfu i Llywarch a minnau fynd cyn rhoi'r mater dan bleidlais, ond yr oeddwn yn barod wedi cael digon i feddwl amdano, ac i'w ddweud wrth Tegid.

'Garech chi weld (yr Ail Dŷ)? Mae yntau hefyd yn eistedd y pnawn yma,' (meddai Doctor Llywarch).

Aethom i ran arall o'r senedd-dy, a chael lle yn oriel hwnnw. Eglurodd Llywarch mai'r Cynghorau Sir a Thref a'r Undebau Gwaith a'r Byrddau Masnach oedd yn ethol cynrychiolwyr i'r Tŷ hwn, ond bod ynddo hefyd gynrychiolwyr o'r prif gyrff diwylliannol, crefyddol ac addysgol.

---

fforddio: *to afford*
pe gellid: *if one could,* (gallu)
pan awn: *when I'd go,* (mynd)
amryw: nifer
yn gyhoeddus: *in public*
Swm a sylwedd: *essence*
argymell: *to recommend*
estyn: h.y. rhoi
Y Gymanwlad Brydeinig: *The British Commonwealth*
na allent: that they couldn't, (gallu)
cludiad: *transport*

Gwrthwynebai: ... *opposed,* (gwrthwynebu)
arolwg: *survey*
casgliad: *conclusion*
dyblu: *to double*
Gorfu: Roedd rhaid
dan bleidlais: *to put to the vote*
Byrddau Masnach: *Boards of Trade*
ethol: *to elect*
cynrychiolwyr: *representatives*
y prif gyrff: *the main bodies*
diwylliannol: *cultural*

58

Y pnawn hwn, yr oedd yr Ail Dŷ yn trafod agenda Gymanfa Flynyddol y Cynghrair Celtaidd. Yn wleidyddol, yr oedd Cymru'n aelod o'r Gymanwlad Brydeinig, ond yr oedd hi hefyd yn aelod o'r Cynghrair Celtaidd, cynghrair rhwng Cymru, Iwerddon, yr Alban, Cernyw, Manaw a Llydaw, wedi'i sefydlu i hyrwyddo cydweithrediad economaidd a diwylliannol rhwng y gwledydd hynny.

Eglurodd Llywarch fod rhaid i holl fesurau'r Tŷ cyntaf ddod o flaen yr ail Dŷ cyn pasio'n ddeddf a hynny, meddai Llywarch, oedd diogelwch holl bobol Cymru.

Y peth mwyaf diddorol i mi yn yr eisteddiad hwn oedd clywed Gwyddel yn annerch y Tŷ mewn Cymraeg perffaith. Yr oeddwn wedi clywed Gwyddyl yn siarad Cymraeg yn fy oes fy hun, ond ni chlywais yr un yn siarad Cymraeg fel yr oedd hwn. Ac rwy'n cofio diwedd ei araith:

'Dwy genedl hen yw'n dwy genedl ni. Ond y mae un peth yn sicir: yr ydym heddiw yn fwy byw, yn fwy cyfoethog, ac yn fwy diwylliedig, nag y buon ni erioed. Ac o gydweithredu fe allwn arwain y byd tuag at radd o ryddid meddwl ac undod ysbryd na welwyd mo'i debyg yn holl flynyddoedd hanes.'

Cododd Llywarch a minnau a cherdded allan i'r haul. Edrychodd ef ar ei oriawr.

'Wyddoch chi beth, Powel? Mae'r amser yn cerdded. Mae'n rhaid imi fynd i'r Cwrdd Diaconiaid am chwech, ac mae arna i eisiau galw yn y labordy cyn hynny. Ydych chi'n meddwl y ffeindiwch chi'ch ffordd eich hunan yn ôl i'r tŷ?'

'Gwnaf, wrth gwrs,' meddwn i. 'Rydw i'n dod yn weddol gyfarwydd â'r ddinas 'ma bellach.'

'Campus. A chofiwch fod yn barod erbyn tua hanner awr wedi wyth. Dyw'r Ysgrifennydd Cartref ddim yn hoffi i neb ei gadw heb ei swper. Da boch chi.'

---

Cymanfa: *Congress*
y Cynghreiriau Celtaidd: *the Celtic Alliances*
hyrwyddo: *to promote*
cydweithrediad: *co-operation*
Eglurodd Ll: *Ll explained,* (egluro)
mesurau: *bills*
deddf: *act*
diogelwch: *safety*

eisteddiad: *sitting*
Gwyddyl: person o Iwerddon
gradd: *degree*
rhyddid meddwl: *freedom of thought*
undod ysbryd: *unity of spirit*
na welwyd mo'i debyg: *the likes of which has not been seen*
yn weddol gyfarwydd: *quite familiar*

Gwyliais ef yn mynd ar hyd yr heol, yn heini ac yn hardd. Bychan a wyddwn i ar y foment na welwn i mohono wedyn y noson honno.

---

yn heini: yn fywiog
Bychan a wyddwn: *Little did I know,*
  (gwybod)
na welwn i mohono: *that I wouldn't see him*

# PENNOD 15

Penderfynais fynd yn ôl i dŷ Llywarch drwy un o rannau tawelaf y ddinas.

Yn sydyn, clywais gerbyd y tu ôl i mi, ac yn sefyll. Agorodd ei ddrws, a chamodd dau ddyn allan a sefyll un o boptu imi.

'Step in, Mr Powel,' meddai un.

'But. . .' dechreuais innau yn Saesneg.

'No questions, please.'

Wrth chwifio'i fraich tua'r cerbyd, agorodd ei got law denau. Gwelais fod ei grys yn borffor. Daeth rhyw arswyd bychan arnaf, a dywedodd fy synnwyr mai'r peth doethaf oedd ufuddhau.

Euthum i mewn i'r cerbyd. Eisteddodd y ddau ddyn un o boptu imi, a chychwynnodd y cerbyd. Edrychais o'm cwmpas a gweld bod yno ddau arall. Gyrrwr oedd un, yn amlwg, er bod y cerbyd ar y funud yn ei yrru'i hun. Gŵr canol oed oedd y llall, ag wyneb hardd deallus, a mwstas golygus o dan ei drwyn. Ef oedd yr unig un a siaradodd â mi o hynny allan.

'Pnawn da, Meistr Powel,' meddai ef yn Gymraeg. 'Meddwl yr oeddem ei bod yn drueni ichi dreulio'ch amser yng Nghymru Rydd heb gael gweld Cymru. Am ryw reswm, mae Doctor Llywarch wedi'ch cadw yng Nghaerdydd hyd yn hyn, efallai am fod arno ofn ichi newid eich barn am y Gymru Rydd pe gwelech chi'r cwbl ohoni.'

'Mae Doctor Llywarch yn rhy onest i hynny.'

'Posibl, posibl. Sigarét, Meistr Powel?'

'Diolch, Mr . . .'

'Steele. Captain Steele.'

Taniodd fy sigarét imi'n ofalus, a thaniodd un iddo'i hun. Wedyn y sylweddolais fod blaen aur ar fy sigarét i, a dim ar ei un ef.

'Yr C.P.U. ydach chi yntê?'

'Cymdeithas Filwrol Cymru, a bod yn fanwl.'

---

| | |
|---|---|
| o boptu: bob ochr | ufuddhau: *to obey* |
| arswyd: ofn mawr | pe gwelech: petaech chi'n gweld |
| synnwyr: *sense* | blaen aur: *gold tip* |
| doethaf: *wisest* | |

'Ydach chi'n mynd i fy saethu i fel y saethoch chi'r dyn wrth Lyn y Fan?'

Siglodd y Capten ei ben.

'Dyw'r Gymdeithas Filwrol ddim yn saethu pobol...'

'Gwilym Quennell oedd enw'r saethwr yn y papur, a chrys porffor oedd amdano...'

'Rydych chi'n cofio'n dda. Ond mae Quennell wedi cael ei gardiau. Ni all y Gymdeithas fforddio ffyliaid.'

'I ble'r ydach chi'n mynd â fi?' gofynnais.

'I rywle digon pell o gyrraedd dylanwad afiach Doctor Llywarch.'

'Ond ... mae'r Doctor a finna i fod i fynd i swper heno at yr Ysgrifennydd Cartref...'

'Fe fydd raid iddyn nhw fwyta heboch chi, Meistr Powel.'

'Mi fydd gan yr Ysgrifennydd Cartref rywbeth i'w ddweud am hyn.'

'Un peth yw dweud, peth arall yw gwneud.'

'Mi fydd ... mi fydd yr Ysg ...'

Yr oeddwn yn methu'n lân â chael fy ngeiriau allan ac yr oedd arnaf eisiau cysgu'n enbyd. Ymladd i gadw fy llygaid ar agor, rhythu ar Capten Steele, a'i wyneb yn mynd yn fwy ac yn llai o flaen fy llygaid. Yna trawodd fy llygad ar fy sigarét. Wrth gwrs ... y sigarét ... Rhowliodd fy mhen ar f'ysgwydd, ac aeth yn nos arnaf.

---

dylanwad: *influence*
afiach: *unhealthy*
methu'n lân: ddim yn gallu o gwbl

yn enbyd: yn ofnadwy
rhythu: *to stare*

# PENNOD 16

Pan ddeffroais, yr oedd wedi nosi, ac yr oeddwn mewn ystafell fechan wedi'i goleuo. Yr oeddwn yn gorwedd yn fy nillad ar wely, ac un gwrthban arnaf. Yn y stafell hefyd yr oedd bwrdd, a gwardrob, a chadair neu ddwy. Codais ar fy nhraed, ond gorfu imi bwyso ar y bwrdd i'm sadio fy hun. Yr oedd fy mhen yn drwm.

Wedi i'm pen glirio tipyn, croesais y stafell at y ffenest a chodi'r bleind. Yr oedd yr awyr yn llawn sêr, a'r noson yn braf. Mi welwn fynyddoedd tywyll i'r dde ac aswy, yn codi'n uchel i'r nos serennog, ac ar ochrau'r cwm ac ar ei waelod yr oedd goleuon tai. Ffermydd, o bosibl. Ble yn y byd yr oeddwn i?

Cerddais at y drws a'i drio. Yr oedd dan glo. A oedd modd dianc o le fel hyn? Edrychais o'm cwmpas eto. Gallwn dorri gwydr y ffenest yn hawdd, ond cwareli bychain oedd iddi.

Yr oedd arna i eisiau bwyd hefyd. Nid cynt y meddyliais am hynny nag yr agorodd y drws ac y daeth llanc mewn crys porffor i mewn â hambwrdd.

'Eich swper, Meistr Powel,' meddai yn Gymraeg.

Ar yr hambwrdd yr oedd pryd helaeth. Salad, a phentwr o fara 'menyn wedi'i dorri'n denau, a dau fath o gaws. Yr oedd arno gig, hyd yn oed. Cig oen. A thebot mawr o de.

'Rydach chi'n credu mewn bwydo'ch carcharorion yn dda,' meddwn i.

'Os byddwch chi'n rhesymol,' meddai'r llanc, 'fe gewch gystal bwyd â hwn tra fyddwch chi yma.'

Cychwynnodd y llanc tua'r drws.

'Hanner munud,' meddwn i. 'Ymhle'r ydw i?'

'Yn Nant Gwynant.'

'Ond mae hwnnw yn Eryri! Ychydig bach yn ôl roeddwn i yng Nghaerdydd . . .'

'Fe ddaethoch yma yn awyren y Gymdeithas Filwrol.'

---

cwareli: *panes*
Nid cynt: *No sooner*
pryd: *a meal*

helaeth: mawr
carcharorion: *prisoners*
Nant Gwynant: ardal ger Beddgelert

Yr oedd Eryri'n anobeithiol o bell o Gaerdydd. Ni fyddai Llywarch na'r Ysgrifennydd Cartref yn gwybod ymhle i ddechrau chwilio amdanaf.

'Un cwestiwn arall, Mr . . .'

'Bowen. Corporal Bowen.'

'Fedrwch chi ddweud wrtha i pam yr ydw i yma o gwbwl?'

Safodd y llanc yn y drws.

'Rydw i eisoes wedi dweud mwy nag a ddylwn i, Meistr Powel. Fe ddaw Capten Steele i'ch gweld ar ôl swper. Fe gewch bob eglurhad ganddo fo.'

Caeodd y drws, ac yr oedd wedi mynd. Bwyteais fy swper, a'i fwyta'n arafach, arafach. Pe bawn i'n gwybod beth oedd gan y Crysau Porffor yn fy erbyn, mi fyddwn yn gallu dygymod â'r sefyllfa'n well. Beth oeddynt am wneud imi, tybed? Nid fy saethu, siawns. Fyddwn i'n dda i ddim iddynt yn gorff. Fy mhoenydio, hwyrach.

Meddyliais am Mair. Beth yr oedd hi'n ei feddwl o'm diflaniad? A fyddai hi'n gofidio? O, Mair, Mair, Mair . . .

Aeth awr heibio ar ôl swper. Clywais sŵn traed yn y coridor tu allan. Agorodd y drws, a safodd Capten Steele yno.

'Wel, Meistr Powel, ddaru chi fwynhau'ch swper?' Caeodd y drws a daeth i mewn.

Eisteddodd ef a minnau un o boptu'r bwrdd.

'Pam yr ydw i yma, Capten Steele?'

'Ryn ni'n credu y gellwch chi fod o wasanaeth mawr inni.'

'O?'

'Fe ofynnwyd ichi annerch cyfarfod yn Neuadd Siarl y Trydydd yng Nghaerdydd nos Sadwrn, on'd do? Camgymeriad oedd ichi wrthod.'

'Ond dydw i erioed wedi annerch cyfarfod . . .'

'Dim gwahaniaeth. Nos yfory, mae gan C.P.U. hanner awr ar y gwasanaeth teledu o Fangor.'

'Dydw i erioed wedi teledu chwaith.'

---

| | |
|---|---|
| yn anobeithiol: yn ofnadwy | siawns: h.y. mwy na thebyg |
| eisoes: yn barod | yn gorff: wedi marw |
| eglurhad: *explanation* | poenydio: *to torture* |
| Pe bawn: petawn i | hwyrach, (G.C.): efallai |
| dygymod: yn derbyn | diflaniad: *disappearance* |
| sefyllfa: *situation* | ddaru . . .?: fwynheuoch chi? |
| am wneud: yn bwriadu'i wneud | annerch: *to address* |

'Does dim yn y peth. Fe fyddwch yn rihyrsio'ch geiriau. Fe fyddwn yn dweud wrthych beth i'w ddweud.'

'Pam y mae hi mor bwysig 'y nghael i i siarad?'

'Fel y gwyddoch chi, Meistr Powel, mae'r wlad yn cymryd diddordeb mawr ynoch chi. Y Dyn o'r Ugeinfed Ganrif. A phetaech ar y gwasanaeth teledu, fe fyddai cynulleidfa aruthrol yn gweld ac yn gwrando.'

'Fydden nhw ddim yn gwybod ymlaen llaw.'

'O, bydden. Fe ofalwn ni y bydd y newydd yn y papurau a gyhoeddir yfory. Fe'i cyhoeddir ar y gwasanaeth teledu hefyd. Fe fydd pawb yn gwybod. Yn awr, dyn ydych chi o'r cyfnod pan oedd Prydain yn un, cyn i Gymru gael hunanlywodraeth a cholli'i phen—cyfnod pan oedd Prydain yn Brydain Fawr a Chymru'n Gymru wen . . .'

'Nonsens. Roeddwn i'n arfer bod yn erbyn hunanlywodraeth i Gymru. Ond rŵan, wedi ymweld â Chymru Rydd, mi alla i gredu bod Cymru'n llawer gwynnach ei byd nag oedd hi yn y 'nghyfnod i.'

'Ellwch chi ddim penderfynu p'un ai gwell ai gwaeth yw hi ar Gymru heddiw wedi bod yma am ddim ond tridiau.'

'Fuoch *chi* yn 'y nghyfnod i am dridiau, Capten Steele?'

'Naddo, wrth gwrs,' meddai'n sarrug. 'Ond mae gennym recordiau, ffilmiau, llyfrau, dogfennau o bob math . . .'

'Dyw pethau felly ddim yn dweud y cwbwl . . .'

'Gwrandewch, Meistr Powel. Fe fydd etholiad cyffredinol yma ymhen ychydig fisoedd eto, ac mae'n *rhaid* inni daflu'r Llywodraeth ynfyd 'ma allan. Mae'n *rhaid* inni ddarbwyllo'r Cymry i gyd mai peth da fydd ymuno eto â Lloegr, dan un llywodraeth. Ac os dwedwch *chi*, sy'n ŵr o'r ugeinfed ganrif, mai camgymeriad oedd i Gymru fynnu'i llywodraeth ei hun, fe wrandawan arnoch chi yn well nag arnom ni.'

'Fedra i ddim. A bod yn onest, fedra i ddim.'

---

aruthrol: mawr iawn
Fe'i cyhoeddir: *It will be announced,* (cyhoeddi)
cyfnod: amser
gwynnach ei byd: *better off*
p'un ai: *whether*
gwell neu waeth ar Gymru: *Wales is better or worse off*

tridiau: tri dydd
sarrug: *surly*
dogfennau: *documents*
ynfyd: *mad*
darbwyllo: *to persuade*
mynnu: *to insist*

Eisteddodd y Capten eto y tu arall i'r bwrdd a syllu'n syth i'm llygaid.

'Mae'n amlwg fod yn rhaid eich perswadio,' meddai, 'ond fe fyddai'n well genny wneud hynny heb orfod defnyddio dulliau a allai fod yn . . . boenus.'

'Poenus?'

Daliodd i syllu arnaf, a'i wefusau'n tynhau.

'*Mae* hi'n waeth ar Gymru heddiw nag oedd hi dan lywodraeth Llundain, Meistr Powel.' Pwysleisiai'r geiriau drwy guro'i fysedd ar y bwrdd. '*Mae* hi'n *waeth*!'

Yr oedd arnaf ofn gwirioneddol erbyn hyn, ond daliais i chwarae 'nghardiau.

'Ym mha ffordd, Capten?'

'Mewn llawer ffordd.'

'Ellwch chi ddangos diweithdra imi?'

'Na, does yma ddim diweithdra gwerth sôn amdano . . .'

'Oes llawer o bobol yn ymfudo o Gymru?'

'Nac oes, ond mae llawer gormod yn ymfudo i Gymru . . .'

'Ydy hi'n galed ar hen bobol?'

'Ddim yn arbennig . . .'

'Ydi'r trethi'n drymion?'

'Nac ydyn, ond maen nhw'n annheg . . . Damio chi, Meistr Powel, wnewch chi dewi am *funud*?'

Yr oedd wedi gollwng ei ddwrn ar y bwrdd nes bod y pethau arno'n neidio, ac yr oedd ei wyneb yn wyn gan gynddaredd.

'Y peth yr wyf am ei bwysleisio yw'r gwir y tu ôl i'r ffeithiau. Hwnnw yw'r condemniad mawr ar y Llywodraeth Gymreig.'

'Wel?'

'Pam nad oes yma ddiweithdra?' meddai. 'Am y rheswm fod Cymru wedi bod yn lwcus yn ystod y deugain mlynedd diwethaf 'ma, a galw mawr wedi bod am ei chynnyrch hi. Lwc yw hynny, nid llywodraeth dda.'

'Ewch ymlaen.'

---

| | |
|---|---|
| syllu: *to stare* | annheg: *unfair* |
| dulliau: *methods* | tewi: peidio siarad |
| Pwysleisiai: *He was emphasising* | gan gynddaredd: *with rage* |
| gwirioneddol: *really* | condemniad: *condemnation* |
| ymfudo: *to emigrate* | galw mawr: *great demand* |
| yn drymion: *yn drwm* | cynnyrch: *produce* |

'Pam nad oes ymfudo o Gymru? Am fod Lloegr a gwledydd eraill yn *an*lwcus, a dim digon o waith yno i ddenu'n pobol ni. Pam nad yw hi'n galed ar hen bobol? A pham nad yw'r trethi'n drymion? Llywodraeth ddoeth? Dim o gwbwl. Am fod Cymru wedi gwneud i ffwrdd â'i lluoedd arfog. Gwlad annaturiol yw gwlad heb fyddin, heb lynges, heb lu awyr. Gwlad sy'n agored i bob ymosod gan y gelyn . . . '

'Pa elyn?'

'Pwy ŵyr? Mae'n rhaid i wlad fod yn barod . . . '

'Oes yna wlad yn bygwth Cymru heddiw?'

'Fe all bygythiad ddod o unrhyw gyfeiriad. *Rhaid* bod yn *barod*!'

'Capten Steele.' Mi wyddwn fy mod yn mentro. 'Rwy'n credu eich bod chi'ch hun wrth eich bodd yn chwarae byddin . . . '

'Y fi?'

'Ie. Rydach chi'n mwynhau busnes y Gymdeithas Filwrol 'ma, yn mwynhau martsio a drilio a dilyn band. A phetai gan Gymru fyddin fe fyddech chi'n un o'i chadfridogion hi. Neu'n well fyth, petae Cymru'n ymuno â Lloegr, fe allech fod yn gapten bach ym myddin Lloegr . . . '

'Dyna ddigon! Mae'n amlwg nad oes dim i'w ennill drwy ymresymu â chi. Ond mae'n rhaid eich cael i'r stiwdio deledu nos yfory. Fe fyddwch yno, ac fe fyddwch yn dweud y pethau'r ydym *ni* am ichi'u dweud.'

'Wel, wna i ddim . . . '

'Mae hynny'n amlwg, heb inni ddefnyddio un o'r dulliau eraill yr oeddwn yn sôn amdanyn nhw gynnau.'

'A beth yw honno?'

Gwenodd Capten Steele.

'Pa bryd rydych chi'n bwriadu mynd yn ôl i'ch oes eich hun, Meistr Powel?'

'Fe fydd raid imi fynd tua dydd Mercher neu ddydd Iau.'

---

| | |
|---|---|
| trethi: *taxes* | bygythiad: *threat* |
| doeth: *wise* | Mi wyddwn: Roeddwn i'n gwybod |
| gwneud i ffwrdd: *to do away* | yn mentro: *to gamble* |
| lluoedd arfog: *armed forces* | cadfridogion: *generals* |
| gelyn: *enemy* | yn well fyth: *better still* |
| Pwy ŵyr?: Pwy sy'n gwybod? | ymresymu: *to reason* |
| bygwth: *to threaten* | gynnau: *a short while ago* |

'Felly. Drwy gydweithrediad Doctor Llywarch, mae'n debyg?'

'O, ie, wrth gwrs. Pam?'

'Wel, meddwl yr oeddwn i. Cewch chi fynd yn ôl i'ch oes eich hun ar yr amod y rhowch chi'ch help inni nos yfory.'

'Ac os gwrthoda i ddod i'r stiwdio deledu nos yfory?'

'Yna, fe allwn eich cadw chi yma, am ddyddiau, wythnosau, misoedd . . .'

'Feiddiwch chi ddim.'

Caledodd llygaid y Capten eto.

'A pham na feiddiwn ni?'

'Fe fyddai Doctor Llywarch a'r lleill yn chwilio amdana i, yn mynnu dod o hyd imi . . .'

'Fydden nhw? Am a wydden nhw, fe fyddech wedi mynd yn ôl i'ch oes eich hun.'

'Ond . . . alla i ddim mynd yn ôl heb help rhywun fel Llywarch.'

'Fe glywsoch fod darlithydd ym Mangor sy'n arbrofi gydag amser fel y mae Llywarch—mae'n aelod o C.P.U., (ac) fe fyddai'n ddigon parod i ddweud celwydd bach er mwyn yr achos. Ac ar hyd yr amser, fe fyddwch yma, dan glo, yn y stafell hon. Beth yw'ch ateb chi?'

Yr oeddwn yn dwt yn y gornel, a beth allwn i'i ateb? Cododd y Capten.

'Mi rof tan fore fory ichi feddwl am y peth,' meddai. 'Wrth gwrs, fydd dim brecwast ichi nes byddwch wedi cytuno. Nos da, Meistr Powel. Cwsg melys . . . ond nid rhy felys.'

A chyda'r gair, aeth drwy'r drws, a'm gadael yno fy hunan.

---

cydweithrediad: *co-operation*
Cewch chi fynd: *You may go,* (cael mynd)
oes: *age*
amod: *condition*
y rhowch chi: *that you'll give,* (rhoi)
Feiddiwch chi ddim: *You won't dare,* (meiddio)

pam na feiddiwn ni . . .?: *why won't we dare . . .?*
yn mynnu: *to insist*
dod o hyd imi: *to find me*
Am a wydden nhw: *As far as they'd know,* (gwybod)
arbrofi: *to experiment*

# PENNOD 17

Ni chysgais am oriau. Dim ond troi a throsi a throi. Mewn ychydig oriau yr oedd popeth wedi newid. Yr oeddwn wedi colli nawdd caredig Llywarch ac wedi llithro i ddwylo'r dyhirod hyn.

Pe gwyddai Llywarch fy mod yma, yr oeddwn yn siŵr y byddai'n troi pob carreg i'm hachub. Ond ni wyddai.

Ni wyddai neb fy mod yma, ac yr oedd Capten Steele yn mynd i'm cadw yma. Yn mynd i'm cadw yma nes bod pawb wedi credu fy mod yn ôl yn fy oes fy hun. Ac yna . . . fy saethu? Posibl iawn. Fe allai fy saethu'n ddiogel ymhen pythefnos neu dair wythnos heb fod neb ddim callach. Byddai Llywarch yn credu fy mod yn f'ôl yn 1953, fe fyddai Tegid a Doctor Heinkel yn credu fy mod wedi aros yn 2033. Capten Steele oedd fy meistr.

Ni allaf gofio pa bryd yr aeth fy meddwl yn niwl ac yr euthum i gysgu. Nid wy'n cofio dim nes clywais ddrws y stafell yn agor a rhywun yn galw f'enw.

'Meistr Powel.'

Corporal Bowen oedd yno.

'Meistr Powel, mae'n hanner awr wedi saith ac yn bryd ichi godi i ateb cwestiynau.'

'Y . . .? Ateb cwestiynau?'

'Dowch. Mae 'na rasal drydan ichi ar y bwrdd, a thywel glân wrth y cafn ymolchi.'

'O . . . o'r gorau . . .' Rhowliais oddi ar y gwely a chodi'n drwsgwl ar fy nhraed.

Safai Corporal Bowen yno o hyd.

'Mae genny ddarn o bapur yma, Meistr Powel. Contract teledu ar gyfer y rhaglen heno. Os torrwch chi'ch enw arni, ac arwyddo'ch bod am gymryd rhan, mi ddof â brecwast ichi.'

---

troi a throsi: *toss and turn*
nawdd: *patronage*
dyhirod: *rascals*
Pe gwyddai Ll.: Petai Ll. yn gwybod
ni wyddai: doedd (e) ddim yn gwybod
callach: *wiser*

rasal drydan: *electric razor*
cafn ymolchi: *wash basin*
yn drwsgwl: *awkwardly*
Os torrwch chi'ch enw: *If you sign your name,* (torri enw)
arwyddo: *to denote*

Yr oedd fy mhen yn dew gan flinder ac ni allwn feddwl yn glir. Bu agos imi gymryd y pin llenwi o law'r Corporal a thorri f'enw ond mi dynnais fy llaw yn ôl a siglo 'mhen.

'Fedra i ddim, Corporal.'

'Rydych chi'n ffŵl, Meistr Powel.'

Cipiodd y Corporal y ffurflen oddi ar y bwrdd, a symud tua'r drws.

'Rydych chi'n deall, wrth gwrs,' meddai. 'Dim arwyddo, dim brecwast.'

Nodiais fy mhen. Chwanegodd ef,

'Fe fyddwch yn edifar erbyn canol dydd.'

Ac aeth allan â chlep ar y drws.

Ymolchais, ac eillio, ac eistedd ar y gwely i feddwl. Toc, torrwyd ar y distawrwydd gan sŵn traed yn y coridor y tu allan. Agorodd y drws a daeth Capten Steele i mewn. Yr oedd dyn arall gydag ef, dyn mawr, corffol, yntau hefyd mewn crys porffor a thair seren ar ei strap-ysgwydd yr un fath â Steele.

'Bore da, Meistr Powel,' meddai Steele. 'Dyma Capten Lewis-Sharpe.'

Nodiodd y capten newydd yn gwta, ac eistedd mewn cadair a thanio pibell.

'Rwy'n deall, Meistr Powel,' meddai Capten Steele, 'nad ydych chi wedi newid eich meddwl y bore 'ma chwaith.'

'Wna i mono fo, Capten Steele, wna i mono fo.'

Lledodd Capten Steele ei ddwylo a chroesi at y ffenest.

'Over to you, Sharpe,' meddai.

Tynnodd Capten Lewis-Sharpe ei bibell o'i geg a'm llygadu.

'Rydych chi wedi clywed,' meddai, 'y gosb sy'n eich aros chi os na chymerwch chi ran yn y rhaglen deledu heno.'

'Ydw.'

'Fe'ch cedwir chi yma a rhwystro ichi ddychwelyd i'ch oes eich hun.'

---

| | |
|---|---|
| blinder: *fatigue* | yn gwta: *abruptly* |
| yn edifar: *to regret* | tanio: *to light* |
| clep: *bang* | Wna i mono fo: *I won't do it*, (gwneud) |
| eillio: *to shave* | Lledodd C.S.: *C.S. spread*, (lledu) |
| toc: yn fuan | a'm llygadu: edrych arna i |
| distawrwydd: tawelwch | cosb: *punishment* |
| corffol: tew | Fe'ch cedwir: *You'll be kept*, (cadw) |
| strap-ysgwydd: *shoulder-strap* | dychwelyd: mynd yn ôl |

'Ond fedrwch chi mo 'nghadw i yma,' meddwn i. 'Mae'n rhaid imi gael mynd yn ôl...'

'Yn ôl at beth? At yr uffern oedd o dan Lywodraeth Loegr?'

'Nage...'

'Mae'n llawer gwell ar Gymru heddiw nag oedd hi yn eich cyfnod chi—dyna ddwedsoch chi wrth Capten Steele neithiwr.'

'Ydi, yn llawer gwell.'

'Felly, does arnoch chi ddim eisiau dychwelyd i'ch oes eich hun, yn siŵr.'

'Oes.'

'Felly, yr *oedd* eich oes chi'n well na heddiw.'

'Oedd, i mi...'

'Fe fyddech yn dewis eich oes eich hun o flaen heddiw.'

'Wel, byddwn, yn naturiol... Mae Cymru heddiw'n llawer gwell gwlad i fyw ynddi, i'r bobol sydd yn byw ynddi. Ac rwy'n gresynu na fyddwn i wedi cael 'y ngeni a'm magu ynddi fy hun. Ond roedd pawb sy'n annwyl i mi yn byw yn fy oes fy hun...'

'Meistr Powel. Rwyf am roi un cyfle arall ichi newid eich meddwl o'ch gwirfodd. Fel y gwyddoch chi bellach, mae gennym ddulliau eraill i newid meddwl dynion. Ond does arnon ni ddim eisiau defnyddio'r rheini oni bydd raid. Y cyfan sydd eisiau i chi'i wneud yw ymddangos o flaen camera am saith munud heno, sôn am eich teulu a'ch ffrindiau a'ch diddordebau yn eich oes eich hun, dweud mor hapus oeddech chi ynddi, ac mor ddiogel yr oeddech chi'n teimlo dan amddiffyn lluoedd arfog Lloegr...'

'Diogel! Does gynnoch chi ddim syniad am yr ofn a'r ansicrwydd, yn clywed am ddim ar y newyddion ond y bom-H, fore, pnawn a nos...'

Trodd Lewis-Sharpe i wynebu Steele.

'Impossible, Steele,' meddai. 'He won't see reason. We'll have to try PX300.'

Aeth ias oer i lawr fy nghefn. Daeth Steele ataf a dweud, 'Rydych chi'n ynfytyn, Meistr Powel.'

---

gresynu: *to regret*
o'ch gwirfodd: *voluntarily*
dulliau: *means*
oni bydd raid: *unless forced to*
ymddangos: *to appear*

amddiffyn: *defence*
lluoedd arfog: *armed forces*
ansicrwydd: *uncertainty*
ias oer: *cold shiver*
ynfytyn: *mad*

Aeth y ddau gapten allan gyda'i gilydd, a chaeodd y drws ar eu holau â chlep arswydus. Eisteddais yno, yn meddwl am y sgwrs a fu rhyngom, am fy nghylla gwag, am y driniaeth i ddod. Beth gynllwyn oedd PX300?

clep: *bang*
arswydus: ofnadwy
cylla: stumog

triniaeth: *treatment*
Beth gynllwyn...?: h.y. *What on earth...?*

# PENNOD 18

Ymhen yr awr, daeth y ddau gapten yn ôl, a dyn arall i'w canlyn. Dyn mewn cot wen, â bag yn ei law. Aeth yn syth at y bwrdd, a dechrau tynnu offerynnau o'r bag bob yn un ac un.

Yr oeddwn eisoes yn sâl gan ofn, ond pan welais y dyn â'r got wen a'i offerynnau, euthum yn llipa. Gwelodd Steele fy wyneb, a daeth i eistedd yn f'ymyl. Dywedodd yn fwyn,

'Meistr Powel. Fferyllydd yw'r dyn yma yn y got wen— fferyllydd swyddogol y Gymdeithas Filwrol yng Ngwynedd. Mae PX300 yn gwanhau'ch ewyllys i'r fath raddau nes eich gwneud yn barod i gredu unrhyw beth a ddywedir wrthych. Cyn y bydd PX300 wedi gorffen ei waith, fe fyddwch yn credu yn union fel yr ydym ninnau'n credu.'

Ysgydwais fy mhen.

'Ond efallai,' ebe Steele, 'efallai nad oes angen PX300. Efallai'ch bod yn barod i arwyddo'r contract teledu'n awr?'

'Nac ydw.'

'Yn siŵr?'

'Yn berffaith siŵr.'

'O'r gorau.' Cododd Steele. 'All right, Winter,' meddai. 'He's all yours.'

'I don't like it,' meddai Winter.

'Shut up, you fool. Get on with it. It's all for the cause.'

Dywedodd Winter wrthyf am dynnu fy siaced a thorchi llawes fy nghrys. Wedi imi (wneud hynny) daeth Winter tuag ataf â chwistrell fain rhwng ei fysedd. Aeth fy ngwroldeb yn deilchion.

Llithrodd Steele a Lewis-Sharpe un o boptu imi a'm dal fel na allwn symud. Gwthiodd Winter y chwistrell i'm braich. Yr oedd

---

i'w canlyn: yn eu dilyn  
bob yn un: *one by one*  
eisoes: yn barod  
yn llipa: *limp*  
yn fwyn: *gently*  
Fferyllydd: *Chemist*  
gwanhau: *to weaken*  
ewyllys: *will*  
i'r fath raddau: *to such an extent*  

a ddywedir: *that's said*  
torchi: codi  
llawes: *sleeve*  
chwistrell: *syringe*  
main: *thin*  
gwroldeb: *bravery*  
yn deilchion: *shattered*  
o boptu: o bob ochr

y boen yn erchyll. Yr oedd fel petai fy mraich ar dân ac yn chwyddo'n araf.

'All right,' meddai Winter. 'He won't struggle now.'

Symudodd y ddau gapten i'r ffenest i sgwrsio â'i gilydd. Tra oeddynt yno, gwyrodd Winter drosof o'r tu ôl a chymryd arno edrych yn fy llygad, a sibrwd yn fy nghlust,

'Dim ond hanner chwistrelliad gawsoch chi. Cymerwch arnoch fod yn hurt ac yn wan.'

Cymryd arnaf! Doedd dim rhaid imi. Yr oedd y boen yn arteithiol. Ond rhoes sibrwd Winter rywfaint o galondid imi. Yr oedd ef, o leiaf, yn ceisio f'arbed rhag gwaethaf PX300.

Toc, edrychodd (Steele) ar ei wats, a daeth ataf.

'Wel, Powel? Sut ydych chi'n teimlo?'

Clywn ei lais yn dod ataf yn donnau ond yr oedd fy meddwl yn gweithio o hyd.

'Ydych chi mewn poen, Powel?' meddai Steele wedyn.

Nodiais fy mhen.

'Wel yn awr,' meddai, gan eistedd yn union o'm blaen. 'Pa un ai gwell ai gwaeth yw hi ar Gymru heddiw nag oedd hi yn eich dyddiau chi?'

'Gwell . . . gwaeth . . . O, wn i ddim,' meddwn i.

'Gwaeth, Powel, *gwaeth*,' meddai. 'Roedd hi'n llawer gwell ar Gymru dan Lywodraeth Loegr, yn llawer gwell pan oedd Prydain yn un.'

'Nac oedd . . .' meddwn i'n llesg. 'Nac oedd . . .'

'Oedd, Powel, *oedd*!'

Daliais i ysgwyd fy mhen.

'Damio chi,' meddai 'Another shot, Winter, give him another.'

Trwy gil fy llygaid gwelais Winter yn edrych arno mewn braw, yn petruso. Daeth Lewis-Sharpe at Winter a rhoi pwniad iddo a dweud,

---

yn erchyll: yn ofnadwy

chwyddo: to swell

sibrwd: to whisper

Cymerwch arnoch: Pretend, (cymryd ar)

yn hurt: *dazed*

Cymryd arnaf!: *Me pretending!*

yn arteithiol: yn boenus iawn

rhoes: rhoiodd

calondid: *encouragement*

rhag gwaethaf: *from the worst of*

Clywn: Reddwn i'n clywed

ai gwell ai gwaeth: *whether better or worse*

yn llesg: *feebly*

Trwy gil: trwy gornel

petruso: *to hesitate*

pwniad: *nudge*

'Do as you're told, man.'

Dechreuais wingo a cheisio codi fy llaw i'w hatal ond prin y gallwn ei symud. Ceisiais weiddi ond yr oedd fy llais yn eiddil ac yn gryg.

Rhwbiodd Winter fy mraich â wadin, ac yna, aeth y nodwydd i mewn drachefn. Os oedd y chwistrelliad cynta'n brifo, yr oedd hwn . . . Bu ond y dim imi lewygu.

'Wel, yn awr 'te, Powel. Efallai y byddwch chi'n awr yn fwy parod i weld synnwyr.'

Prin y gallwn weld wyneb Steele erbyn hyn.

'Powel, mae'n waeth ar Gymru heddiw nag y bu hi erioed. Yn waeth, ydych chi'n clywed, yn waeth, yn waeth, yn WAETH . . .'

Daliodd i weiddi i'm hwyneb am funudau hirion, ond mae'n rhaid fy mod yn dal i'w wrthwynebu, o achos fe gododd oddi ar y gadair a galw ar Lewis-Sharpe i gymryd ei le. Dechreuodd yntau ddadlau â mi wedyn. Clywn ei ddadleuon yn suddo i'm meddwl, yr oeddwn yn dod yn fwy ac yn fwy argyhoeddedig fod Prydain yn well yn un a Chymru'n ddiogelach dan nawdd lluoedd arfog Lloegr, ond yr oedd fy ngwefusau'n gwrthod ildio.

Clywais Steele yn gweiddi,

'Give him a third shot, Winter!'

Ond yr oedd trydydd chwistrelliad yn ddianghenraid. Aeth y boen yn ormod imi. Euthum yn anymwybodol.

---

| | |
|---|---|
| gwingo: *to wriggle* | gwrthwynebu: *to oppose* |
| i'w atal: *to stop him* | suddo: *to sink* |
| prin: *hardly* | argyhoeddedig: *convinced* |
| yn eiddil: yn wan iawn | yn ddiogelach: yn fwy diogel, (*safe*) |
| yn gryg: heb lais | nawdd: *patronage* |
| wadin: *cotton wool* | ildio: *to yield* |
| chwistrelliad: *injection* | yn ddianghenraid: *unnecessary* |
| Bu ond y dim imi: *Bues i bron â* | Euthum: h.y. *I became*, (mynd) |
| llewygu: *to faint* | yn anymwybodol: *unconscious* |
| synnwyr: *sense* | |

# PENNOD 19

Clywais rywun yn chwerthin. Yn araf, â thrafferth mawr, agorais fy llygaid plwm. Ar y cyntaf ni allwn weld dim. Ysgydwais fy mhen. O dipyn i beth, daeth fy llygaid o hyd i ddodrefn y stafell. Gwelais y bwrdd, y cadeiriau, y wardrob . . . Yna gwelais Capten Bowen yn sefyll yno. Ef oedd yn chwerthin.

'Meistr Powel.'

Nodiais.

'Eisiau bwyd?'

Nodiais wedyn.

'Fe wyddoch yr amod eto, wrth gwrs,' ebe'r Corporal. 'Dim ildio, dim cinio. Ydych chi'n barod yn awr i arwyddo'r contract teledu?'

Oeddwn. Ond yn rhyfedd iawn, yr hyn a ddywedodd fy ngwefusau ystyfnig oedd,

'Nac ydw.'

'Da iawn chi,' meddai Corporal Bowen.

Rhythais arno, ond yr oedd â'i gefn ataf, yn gwneud rhywbeth. Pan drodd ataf, gwelais fod ganddo botel fechan yn ei law. Trawodd y botel yn frysiog yn ei boced, ac estynnodd dabled imi.

'Dyma ichi dabled fwyd,' meddai. 'Rhowch hi yn eich ceg cyn i rywun ddod.'

Gwrthodais hi. Pa ystryw oedd hon?

'Dim diolch,' meddwn i'n floesg. 'Alla i ddim anghofio'r sigarét honno, a'r chwistrell . . .'

'Na, na,' ebe'r Corporal. 'Rwy'n deall. Wnâi hon ddim niwed ichi, ond alla i ddim disgwyl ichi ymddiried imi, chware teg.' A rhoes y dabled yn ôl yn y botel.

---

| | |
|---|---|
| trafferth: *difficulty* | Trawodd: h.y. dododd, (taro) |
| plwm: h.y. trwm | ystryw: *tric* |
| O dipyn i beth: *gradually* | yn floesg: *indistinct* |
| amod: *condition* | Wnâi hon ddim niwed: *This wouldn't* |
| ystyfnig: *stubborn* | *harm,* (gwneud niwed) |
| Rhythais: *I stared,* (rhythu) | ymddiried: *to trust* |

'Maddeuwch imi am chwerthin gynnau,' meddai. 'Roedd golwg mor ddigri arnoch chi ar y gwely 'na, â'ch pen yn hongian dros yr erchwyn.'

'Doeddwn i ddim yn teimlo'n ddigri,' meddwn i'n ddigon siarp. 'Gawsoch *chi* ddôs o PX300 erioed?'

Edrychodd Corporal Bowen i lawr â'i wefusau'n tynhau.

'Do,' meddai. 'Unwaith.'

Edrychais arno â diddordeb newydd.

'Pam . . . pam y cawsoch *chi* ddôs o PX300, Corporal?'

'O . . . roedd arnyn nhw eisiau cael . . . cyfaddefiad allan ohonof un tro. A PX300 oedd yr unig ffordd.'

'Rwy'n gweld.'

'O,' meddai, 'dyma'r fferyllydd.'

Codais fy mhen, a gweld Winter yn dod drwy'r drws. Suddodd fy nghalon. Yr oedd Winter o hyd yn ei got wen, ac yr oedd y bag arswydus yn ei law.

'Caewch y drws, Corporal,' meddai yn Gymraeg.

Croesodd yn gyflym ataf fi.

'Sut rydych chi'n teimlo, Powel?'

'Fel 'tawn i newydd ddod drwy'r mangl.'

'Siŵr, siŵr. Wel, rwyf am roi chwistrelliad arall ichi. . .'

'O, na . . .!'

Rhoddodd ei law ar f'ysgwydd.

'Nid PX300. Rhywbeth i wrthweithio hwnnw.'

'Steele ddwedodd wrthoch chi am roi?'

'Nage. Rwy'n rhoi hwn ar 'y nghyfrifoldeb fy hun.'

'Brysiwch, Winter,' ebe'r Corporal.

Nid oeddwn yn medru deall, yr oeddwn yn rhy gymysglyd, ond mi lwyddais i ymddiried yn Winter. Rhoes bigiad imi yn fy mraich, ac ymhen eiliad neu ddau, dechreuodd fy nghorff lacio a'r boen yn fy mraich leihau. Dechreuais deimlo'n braf.

Y funud honno, â Winter a'i chwistrell wrth fy mhenelin, agorodd y drws. Troesom ein tri ein pennau. Yn sefyll yn y drws yr oedd Capten Steele.

---

Maddeuwch: *Forgive,* (maddau)  
gynnau: *a short while ago*  
erchwyn: ochr y gwely  
cyfaddefiad: *confession*  
arswydus: *awful*  
'tawn i: petawn i, 'taswn i  

chwistrelliad: pigiad  
gwrthweithio: *to counteract*  
cymysglyd: *confused*  
lacio: *to relax*  
lleihau: mynd yn llai

'What are you doing, Winter?' meddai.

'Ceisio dadwneud fy ngwaith dieflig ddwyawr yn ôl,' meddai Winter yn Gymraeg.

'Who gave you permission to enter this room in my absence?'

'Peidiwch â chyfarth arna i.'

'Why, you . . .!'

Cychwynnodd Steele tuag ato â'i wyneb ar dân ond saethodd coes hir Corporal Bowen allan. Baglodd Steele a syrthio ar ei wyneb wrth fy nhraed. Wrth syrthio, galwodd ddwywaith,

'Sharpe, Sharpe!'

'Y trydan, Bowen,' meddai Winter, ac fel mellten, tynnu chwistrell fach arall o boced ei wasgod, plygu i lawr ar gorff Steele, a chyn iddo allu codi, rhoi pigiad iddo drwy'i lawes. Ymlonyddodd Steele yn glwt. Yn yr un eiliadau yr oedd Corporal Bowen wedi mynd i'r coridor, wedi cyffwrdd â swits yn y mur, ac wedi llamu'n ôl i'r ystafell.

Clywsom sŵn traed a lleisiau, a daeth corff mawr Capten Lewis-Sharpe i'r golwg yn y coridor. Daeth ar garlam tua'r drws, ond pan oedd ei droed ar y trothwy rhoes sgrech, a thro, a disgynnodd yn glwt wrth y drws. Daeth Crys Porffor arall i'r golwg. Aeth hwnnw drwy'r un ystumiau: sgrech, tro, a disgyn. Daeth trydydd Crys Porffor, ond gwelodd beth a ddigwyddodd i'r ddau arall, a bu'n ddigon call i droi a dianc. Ni ddihangodd ymhell. Rhoes Corporal Bowen lam hir dros y llawr trydan, a diflannodd ar ôl y ffoadur. Lleisiau; ergydion; gwaedd. Ymhen deg eiliad yr oedd Corporal Bowen yn ôl, yn edrych yn fodlon iawn arno'i hun.

'Diwrnod da o waith, Bowen,' meddai Winter.

'Diwrnod i'w gofio, Winter,' meddai Bowen.

---

dadwneud: *to undo*
dieflig: *devilish*
cyfarth ar: *to bark at*
Baglodd: *(He) stumbled,* (baglu)
fel mellten: *like lightning*
Ymlonyddodd: *(He) grew calmer,* (ymlonyddu)
yn glwt: *totally*
llamu: *neidio*
ar garlam: *yn gyflym*
ar y trothwy: *on the threshold*

rhoes: rhoiodd, (rhoi)
a thro: *a turn/twist*
yn glwt: *in a heap*
ystumiau: *motions*
call: *wise*
llam: *naid*
diflannodd: *(he) disappeared,* (diflannu)
ffoadur: *fugitive*
ergydion: *blows*
gwaedd: *shout*

Rhythais o un i'r llall mewn syndod. Yr oedd popeth wedi digwydd mor gyflym, ni allwn sylweddoli eto fy mod allan o berygl. A hyn i gyd heb i mi symud na llaw na throed.

'Ydach chi . . . ydach chi wedi'u lladd nhw?' gofynnais yn ofnus.

Gwenodd Winter, a chwarddodd y Corporal yn braf.

'Naddo,' ebe Winter. 'Mewn dwyawr fe fyddan fel adar.'

'Ond,' meddwn i, 'hwyrach fod 'na ragor o Grysau Porffor o gwmpas y lle 'ma. A phan ddôn nhw i wybod . . .'

'Fe fyddan cyn falched â chithau,' (meddai Corporal Bowen).

'Dydw i ddim yn deall.'

'Peidiwch â cheisio deall rŵan,' meddai Winter. 'Bowen, ewch chi â Powel i lawr i'r gegin am bryd o fwyd. . .'

'Â chroeso mawr. . .'

'Ac anfonwch rai o'r bechgyn i fyny i gymryd gofal o'r rhain.'

'Ar unwaith,' ebe'r Corporal. 'Dowch, Meistr Powel, i lenwi tipyn ar y cylla gwag 'na.'

Ymhen ychydig funudau, yr oeddwn yn eistedd mewn cegin lân wrth fwrdd pren gwyn yn bwyta'i hochor hi, a gwraig radlon yn tendio arnaf fel ar dywysog. Ni bu bwyd erioed yn well na hwnnw.

---

Rhythais: *I stared,* (rhythu)  
mewn syndod: *in surprise*  
hwyrach, (G.C.): efallai

cylla: stumog  
bwyta'i hochor hi: yn bwyta llawer  
rhadlon: caredig

# PENNOD 20

Cyn inni gychwyn i lawr i Feddgelert, daeth meddyg i fyny i'm gweld. Archwiliodd fi'n fanwl yng nghwmni Winter.

'Mae'n ddrwg gennym, Meistr Powel,' meddai, 'fod Meistr Winter wedi gorfod chwistrellu PX300 i mewn ichi. Ond roedd dealltwriaeth rhyngom ei fod i wneud hynny os byddai Steele a Lewis-Sharpe yn gorchymyn. Dydyn nhw erioed wedi'i ddefnyddio ar neb o'r cyhoedd, ond maen nhw wedi'i ddefnyddio fwy nag unwaith ar aelodau o'r Gymdeithas Filwrol. Rydych chi wedi gwneud cymwynas fawr â ni wrth fod yn . . . "fochyn gini" . . . Mae gennym ddigon o dystiolaeth rŵan i'w galw i gyfri.'

Toc, cyrhaeddodd Cyrnol a Llfftenant mewn crysau porffor.

'Fe wnaethoch waith da, Bowen,' meddai'r Cyrnol wrth y Corporal. 'Mae'r (mater) yn mynd i wneud tipyn o ddrwg i'r Gymdeithas. Ond does mo'r help. Mae'r trosedd yn rhy ddifrifol i'w drafod mewn cwrt-marsial yn ein plith ni'n hunain. Fe fydd yn rhaid trosglwyddo'r ddau adyn Steele a Lewis-Sharpe i'r Heddlu Gwladol. Bydd hynny yn dangos i'r cyhoedd fod y Gymdeithas Filwrol ei hun yn anghymeradwyo'r hyn a wnaeth y ddau walch.'

'Mi garwn ymddiheuro'n bersonol i chi, Meistr Powel, fod aelodau o'r Gymdeithas Filwrol wedi'ch trin mewn ffordd mor ddieflig. Yn anffodus, chawn ni mo'r pleser o (fynd â chi yn ôl i Gaerdydd). Mae un o'ch ffrindiau eisoes ym Meddgelert yn barod i fynd â chi.'

Cyn imi gael gofyn pwy, yr oedd y Cyrnol wedi fy saliwtio ac wedi mynd.

---

Archwiliodd fi: *(He) examined me,*
  (archwilio)
dealltwriaeth: *understanding*
gorchymyn: *to order*
cyhoedd: *public*
i'w galw i gyfrif: *to make them accountable*
trosedd: *offence*
trosglwyddo: *to transfer*

adyn: *rascal*
Heddlu Gwladol: *State Police*
anghymeradwyo: *does not condone*
gwalch: *rascal*
dieflig: *devilish*
chawn ni mo'r pleser: *we won't get the pleasure*

80

# PENNOD 21

Yng ngorsaf yr Heddlu yr oedd Prif Gwnstabl Gwynedd ac arolygydd yn siarad â'r Cyrnol a'r lifftenant. Rhoesant groeso mawr imi.

Ar hynny, daeth gwraig yr heddwas lleol i mewn, a dweud, 'Esgusodwch fi, mae 'ma rywun yn holi am Meistr Powel.'

'O.' meddai'r Prif Gwnstabl, yn codi, 'fe fyddwch mewn dwylo diogel rŵan.'

Euthum drwy'r drws i'r cyntedd a sefyll yno'n stond.

'Mair!'

Safai Mair yno'n edrych fel bore o wanwyn. Gostyngodd ei llygaid pan euthum i'w hymyl.

'Ifan, mae . . . mae'n dda genny'ch gweld chi'n fyw ac yn iach.'

'Wel, Meistr Powel,' ebe'r Prif Gwnstabl, 'gaf i ddymuno dydd da i chi a Merch Llywarch?'

'Dydd da ichi, syr,' meddwn i. 'A diolch.'

(Brysiodd Mair) o'm blaen at gerbyd oedd yn sefyll wrth fin y palmant. Aethom ein dau i mewn iddo, ac eisteddodd Mair wrth y llyw. Symudodd y car yn esmwyth drwy'r pentref yn ôl i gyfeiriad Nant Gwynant.

Yr oeddem ein dau braidd yn swil, a minnau'n chwilio am rywbeth i gychwyn sgwrs.

'Cerbyd eich tad ydi hwn?'

'Ie.'

'Ond doedd eich tad ddim yn gorfod ei lywio.'

'Nac oedd, ar heolydd radiofagnetig Caerdydd.'

Edrychais arni drwy gil fy llygad. Yr oedd hi mor hardd, yr oedd hi'n gwneud y wlad o'i chwmpas yn bŵl ac yn anniddorol. Rhamantu yr oeddwn, wrth gwrs, ond pwy a welai fai arnaf? Ni fûm erioed mewn cariad cyn hynny.

---

arolygydd: *inspector*
Rhoesant: Rhoion nhw, (rhoi)
sefyll yn stond: *stopped dead*
Gostyngodd: *She lowered,* (gostwng)
wrth y llyw: wrth yr olwyn
ei lywio: *to steer it,* (llywio)

drwy gil fy llygad: *through the corner of my eye*
yn bŵl: *dull*
pwy a welai fai arnaf?: *who would blame me?*, (gweld bai ar)

'Sut y gwyddoch chi ymhle roeddwn i, Mair?'

'Fe ffoniodd y dyn ifanc 'na—Corporal Bowen—at 'Nhad bore heddiw.'

'Pa bryd?'

'Cyn i 'Nhad fynd i'r Coleg. Tuag wyth o'r gloch.'

Cyn iddo ef a Winter roi'r gurfa i Steele a Lewis-Sharpe felly.

'Fedra i ddim diolch digon ichi, Mair, am ddod yr holl ffordd o Gaerdydd i fy nôl i. Roedd hi'n drafferth enbyd ichi.'

'Roedd yn well genny hynny na'r boen . . . o boeni amdanoch chi.'

Poeni amdana i . . .

'Fe fyddai 'Nhad wedi dod oni bai'i fod yn gorfod mynd i'r coleg. Roeddwn i'n rhydd ar hyd y dydd, a . . . wel, dyma fi. Does dim rhaid imi fod yn ôl tan nos yfory.'

A allwn i gredu 'nghlustiau?

'Beth ydach chi'n fwriadu'i wneud o hyn tan nos yfory?' meddwn i.

'Crwydro tipyn ar Gymru.'

Buom yn ddistaw tra fu'r cerbyd yn suo drwy Nant Gwynant ac i fyny'r ffordd lydan drwy Gwm Dyli. Gwyliais ochor y cwm a llethrau'r Wyddfa yn llithro i lawr heibio inni, a throiais yn ôl i edrych ar y dyffryn, ac nid anghofiaf byth mo'r olygfa honno. Y caeau emrallt yn yr haul, a'r llyn fel saffir yn eu canol, a'r tai ffermydd gwynion yn eu gwregysau coed . . . yr oedd fel darn o baradwys wedi disgyn i un o gilfachau'r ddaear.

Llywiodd Mair y cerbyd i (fan aros ar ochor y ffordd), a diffodd y peiriant.

'Nawr, Ifan, dwedwch yr hanes wrthyf. Beth ddigwyddodd ichi i gyd er pan welais chi amser cinio ddoe?'

'Oes raid inni siarad am hynny, Mair? Mae'n well genny siarad amdanoch *chi* . . .'

'Ond . . .'

'Na, peidiwch â dweud dim. Rydw i'n mynd i wneud peth mentrus rŵan. Rydw i'n mynd i'ch cusanu chi.'

'Dim eto, Ifan, mae . . .'

Ni chafodd ei gwefusaiu tlws ddweud rhagor. Tynnais hi ataf

---

enbyd: ofnadwy
emrallt: *emerald*
saffir: *sapphire*

. gwregysau: *belts*
cilfachau: *recesses*
llywiodd Mair: *M. steered,* (llywio)

82

a'i dal yn dynn, a thoddodd ei gwefusau i'm gwefusau i. Wedi'r boen a'r ofn a'r pryder yr euthum drwyddynt, yr oedd dal Mair yn fy mreichiau fel camu i fyd arall. Yr oedd bywyd yn fy ngherdded drachefn. Gollyngais hi, a syllu i fyw ei llygaid. Y llygaid duon mawr a oedd yn ddwysach, dynerach erbyn hyn nag y gwelais hwy o gwbwl. Nid llygaid actores oeddynt mwyach, ond llygaid merch.

'Mair annwyl, rydw i'n eich ...'

'Na, peidiwch â'i ddweud, Ifan. Mae ... mae arna i ofn.'

'Ofn beth?'

Edrychodd hi draw.

'Mi garwn i petaech chi'n sylweddoli, Ifan. Rych chi a minnau'n perthyn i ddwy oes. Doeddwn i ... doeddwn i ddim wedi 'ngeni pan fuoch chi farw...'

'Mair...'

'Gadewch imi orffen. Breuddwydion ydyn ni i'n gilydd. A fedr neb garu breuddwyd heb gael ei frifo ... rywbryd. Dyna pam y mae arna i ofn.'

'Ond alla i mo'r help, Mair. Rydw i'n meddwl amdanoch chi ddydd a nos. *Alla* i ddim dianc oddi wrthoch chi pe bawn i'n dymuno...'

'Gallwch. Nawr. Cyn ei bod hi'n rhy ddiweddar. Nid dianc yn gorfforol wy'n feddwl, ond peidio â meddwl amdana i ond fel ... ffrind. Rhaid i minnau wneud yr un peth. Dych chi'n gweld ... drannoeth neu drennydd fe fyddwch chi'n mynd yn ôl, i'ch oes eich hun, at eich pobl eich hun, lle na alla i mo'ch dilyn chi. Ac os na fyddwn ni'n synhwyrol nawr, fyddwn ni'n gadael dim ar ôl i'n gilydd ... ond poen.'

Y dolur oedd ei bod hi'n iawn. Ond yr oeddwn mor llawn ohoni ar y funud, ni allwn oddef meddwl dim ymlaen. Yr oedd Mair a minnau gyda'n gilydd, yr oeddwn i mewn cariad ac yr oedd hithau cystal â bod, ac yr oedd Cymru o'n cwmpas fel gardd. Yr oeddwn yn siŵr fod ffordd allan o'r dryswch, y

---

yn ddwysach: *more intense*
(yn) dynerach: *more tender*
A fedr neb: Ac nid oes neb yn gallu
heb gael ei frifo: *without being hurt*
drannoeth: y dydd wedyn
drennydd: o fewn dau ddiwrnod

lle ... dilyn chi: *where I can't follow you*
yn synhwyrol: *sensible*
dolur: poen
goddef: *to tolerate*
. dryswch: *confusion*

ffeindiai tynged ryw ffordd i Mair a minnau aros gyda'n gilydd. Chwerddais.

'Rydan ni'n rhy ddifrifol, Mair.'

Gwenodd hithau. Rhoes ei breichiau am fy ngwddw a'm cusanu ohoni'i hun. Yr oeddwn yn ffŵl o hapus.

---

y ffeindiai tynged: *that fate would find,*
  (ffeindio)

# PENNOD 22

Tŷ bwyta oedd *Y Tryfan,* â'i wyneb wedi'i galchu yn lliwiau'r wlad o'i gwmpas. Llywiodd Mair y cerbyd i fyny i'r cylch o dir caled o'i flaen.

Cawsom fwrdd inni'n dau yn un o'r ffenestri bwa. Yr oedd yr olwg ar y mynyddoedd yn wefreiddiol.

(Daeth merch ifanc atom.) Yr oedd mewn gwisg Gymreig 'draddodiadol', ond heb yr het.

'Pnawn da ichi'ch dau,' meddai, 'a chroeso ichi i'r *Tryfan.* Mae'n ddiwrnod braf.'

'Hyfryd,' meddai Mair. 'Maddeuwch imi am ofyn. Pwy biau'r tŷ bwyta 'ma?'

'Pump ohonon ni,' meddai'r ferch. 'Roedden ni yn yr Ysgol Goginio yn Llandudno hefo'n gilydd, ac fe gawson fenthyg arian i brynu'r busnes 'ma. Rydan ni wedi gwneud yn dda.'

Synnwn mor rhydd yr oedd Cymry'r oes hon wrth drafod eu busnes gyda'i gilydd.

'Dyma'r fwydlen,' meddai'r eneth. 'Cymerwch eich amser. Mi ddo i'n ôl ymhen pum munud.'

Ac ymhen pum munud union yr oedd yn ei hôl (gyda'r fwydlen Gymraeg).

Wedi i'r ferch fynd, sylwais mor lân oedd popeth. Yr oedd pob llestr a chyllell a llwy yn wincian arnoch, ac nid oedd nam na chrac mewn dim. Yr oedd tai bwyta Cymru wedi dysgu bod yn lân.

Pan ddaeth pump o'r gloch, dywedodd Mair,

'Mae'n well inni fynd. Os brysiwn ni, fe allwn ddal rhai o chwarelwyr Bethesda wrth fynd o'u gwaith.'

'I beth?' meddwn i.

'Fe ddwedodd 'Nhad wrthyf am ddangos cymaint o Gymru ichi ag y medrwn i.'

Yr oedd arnaf fi eisiau aros am dipyn wrth Lyn Ogwen, ond yr oedd Mair am fynd ymlaen. Pan ddaethom i olwg Bethesda,

---

wedi'i galchu: wedi'i liwio
yn wefreiddiol: *thrilling*
Synnwn: Roeddwn i'n synnu
mor rhydd: *so free*

Mi ddo i'n ôl: *I'll come back,* (dod
    yn ôl)
nam: *defect*

mi wyddwn fod yno newid mawr. Yr oedd tipiau'r chwarel wedi diflannu. O'n blaenau yr oedd nifer o ddynion yn teithio mewn cerbyd agored. Gyrrodd Mair heibio iddynt, a sefyll, ac amneidio arnynt hwythau i sefyll.

'Pnawn da ichi, gyfeillion,' meddai Mair. 'Mynd adref o'ch gwaith?'

'Ia,' meddai'r dynion, ac meddai'r hynaf ohonynt ar unwaith, 'Dydach chi ddim o'r ardal yma.'

'Nac ydym,' meddai hi. 'O'r Brifddinas.'

'O'r Brifddinas! Wel, croeso i Fethesda.'

'Diolch ichi. Beth yn gymwys ydych *chi'n* ei wneud?'

'O, gwneud brics o lwch llechi yr ydan ni. Hefo'n brics ni y mae pob adeilad yn y cylch yma'n cael ei chodi—y llechen leol, ydach chi'n gweld.'

'Pwy biau'r busnes?'

'O, ni'n hunain, wrth reswm. Mae cwmnïau tebyg yn yr ardaloedd llechi i gyd. Rhyw bymtheng mlynedd yn ôl fe gymeron ni'r gweithwyr y gwaith drosodd. Dyma Gadeirydd y Cwmni am eleni,' a chyfeiriodd y dyn at ddyn ieuengach yn eistedd yn ei ymyl.

Gofynnais i hwnnw,

'Faint o weithwyr sy acw?'

'O, rhyw gant a hanner,' meddai. 'Cofiwch, un cwmni o amryw ydan ni. Mae 'ma gwmni mawr yn cynhyrchu llechi toi, cwmni arall yn enamlo a pholishio llechi i wneud pob math o bethau o le tân i lawr tŷ, cwmni arall yn gwneud addurnau o lechi . . . ac yn y blaen.'

'Roeddech chi'n dweud bod gynnoch chi tua chant a hanner o weithwyr. Sut maen nhw'n rhedeg y gwaith?'

'Wel, rydan ni'n ethol pwyllgor bob blwyddyn, ac mae hwnnw nid yn unig yn rheoli'r gwaith ei hun ond yn gyswllt rhwng y gwaith a'r Bwrdd Cynhyrchion Llechi. Wrth gwrs, er mwyn sefydlogrwydd, mae pob aelod o'r pwyllgor yn aros arno

---

mi wyddwn: roeddwn i'n gwybod
amneidio: *to give a signal*
hwythau: nhw hefyd
yn gymwys: *exactly*
cyfeiriodd y dyn: *the man referred,*
  (cyfeirio)

addurnau: *decorations*
ac yn y blaen: *and so on*
ethol: *to elect*
rheoli: *to manage*
yn gyswllt: *a link*
sefydlogrwydd: *stability*

am dair blynedd, a thraean y pwyllgor yn cael ei ethol o newydd bob blwyddyn.'

'Pwy sy'n talu cyflogau'r gweithwyr?'

'Nid cyflog ydan ni'n ei gael. Rhannu'r elw y byddwn ni, gan fod pob gweithiwr yn dal cyfrannau yn y gwaith.'

'Ac mae pawb yn cael yr un faint o'r elw?'

'O, nac ydi'n wir. Mae'r oriau weithiwyd gan bob un a'r gwaith y mae wedi'i gynhyrchu yn cael eu cofrestru bob dydd, ac mae cyfartaledd yr elw'n mynd i bob un bob mis yn ôl ei oriau a swm ei gynnyrch.'

'Fyddech chi ddim yn dewis mynd yn ôl dan un mistar neu dan y Llywodraeth?' gofynnais.

Ysgwydodd y dynion eu pennau.

'Na fyddem,' meddai'r cadeirydd. 'Roedden ni'n ei gweld hi'n rhyfedd fel hyn ar y cychwyn. Y dynion heb arfer â chyfrifoldeb, a doedd ar lawer ohonyn nhw ddim eisiau cyfrifoldeb.'

'Ac rydach chi'n medru byw?'

'Digon i'w fwyta, a digon o arian poced. Dydi bywyd ddim yn ddrwg o gwbwl.'

'Wel, diolch yn fawr ichi i gyd,' meddai Mair.

'Dim o gwbwl. Dydd da ichi'ch dau. A'r tro nesaf y dowch chi, dowch yn ddigon cynnar i gael golwg ar y gwaith.'

---

traean: un rhan o dair
elw: *profit*
cyfrannau: *shares*
cofrestru: *to register*
cyfartaledd: *average*

a swm ei gynnyrch: *the total sum of his output*
heb arfer: *without being used to*
cyfrifoldeb: *responsibility*
y dowch chi: *that you'll come,* (dod)

# PENNOD 23

Yr oedd yn tynnu am wyth o'r gloch pan safodd y cerbyd ym muarth ffermdy nobl yn y bryniau uwchben Llanrwst. Camodd Mair a minnau allan o'r cerbyd. Cyn inni gyrraedd y drws, daeth dyn allan. Dyn rhadlon, bochgoch, braf, â'i ddau lygad fel dwy seren yn ei ben.

'Nid . . . nid Merch Llywarch?'

'Ie, ie.'

'Wel, dowch i mewn, dowch i mewn. Welais i monoch chi ers blynyddoedd. Wel . . . ers blwyddyn, beth bynnag. Sut mae'ch tad? A sut mae'ch mam? A phwy ydi'r dyn ifanc glandeg 'ma sy hefo chi? Cariad, ia?'

Prin yr oedd Mair yn cael cyfle i daro'i phig i mewn.

'Dyma Meistr Ifan Powel. Efalle ichi glywed am y dyn o'r ugeinfed ganrif. . .'

'Meistr Powel, ia? Wel, wel, wel, croeso ichi, 'machgen i, croeso mawr. . . Y? Be ddwedsoch chi, Merch Llywarch? Y dyn o'r ugeinfed ganrif?'

Yr oedd y dyn yn rhythu arnaf. Yn betrus, estynnodd ei law imi, ac wedi imi'i gollwng, edrychodd arni.

'Wel,' meddai, 'mae o'n teimlo'n gig a gwaed, beth bynnag. Wel dowch i mewn eich dau, dowch i mewn. Mae Marged ar ganol gwneud swper . . . Mar-GED!'

Rhoes Mair winc arnaf, ac aethom ein dau i'r tŷ ar ôl y ffarmwr. Yn y gegin fawr olau yr oedd ei wraig, mewn barclod mawr gwyn, â phowlen fawr o salad yn ei llaw.

'Wel, bobol annwyl! Merch Llywarch!' meddai.

'Sut ydych chi, Meistres Puw?'

'Ia, ond gwranda rŵan, Marged,' meddai'i gŵr. 'Wyddost ti pwy ydi'r dyn ifanc yma?'

'Na wn i.'

---

tynnu am: *getting on for*
buarth: iard
rhadlon: caredig
glandeg: golygus

cael . . . mewn: h.y. dim cyfle iddi ddweud gair
rhythu: *to stare*
Yn betrus: *hesitantly*
barclod: ffedog

88

'Wel, dyma iti'r dyn hwnnw'r oeddwn i'n darllen ei hanes iti o'r *Negesydd* nos Sadwrn, y dyn o'r oes o'r blaen.'

Disgynnodd y bowlen salad i'r llawr, y gwydr yn chwalu a'r letys a'r tomatos yn powlio i gonglau'r gegin. Safai Meistres Puw uwchben y llanast mewn braw.

'Meistres Puw druan . . .' dechreuodd Mair.

'Peidiwch â phoeni dim, Merch Llywarch,' meddai'r ffarmwr yn llawen, a dechrau chwerthin eto.

'Ia, ond beth am 'y mhowlen orau i, Arthur?' meddai'r wraig druan.

'Na hidia, 'rhen chwaer,' meddai'i gŵr. 'Roedd hi'n werth torri'r bowlen er mwyn gweld yr olwg ar dy wyneb di. Oedd yn wir! Tyrd rŵan, rho groeso i'r dyn ifanc.'

Torrodd gwên araf dros wyneb Meistres Puw, ac estynnodd ei llaw imi.

'Maddeuwch i mi am fod yn anghwrtais.'

'Popeth yn iawn, Meistres Puw,' meddwn i.

'Ar eich traws chi,' meddai Mair. 'Oes lle i Ifan a minnau aros yma heno?'

'Digonedd!' meddai'r ffarmwr. 'On'd oes, Marged?'

'Mae'r ddwy lofft ffrynt bob amser yn barod,' meddai'i wraig. 'A hyd yn oed petaen nhw'n llawn, fe fydden ni'n siŵr o wneud lle i chi a'ch ffrindiau, 'nghariad i. Ewch â nhw drwodd i'r parlwr, Arthur, i mi gael clirio gweddillion y bowlen salad 'ma a hwylio swper.'

Ar ôl swper a'm gwnaeth bron yn rhy swrth i symud, aeth Meistr Puw â mi allan i'r ardd am lond sgyfaint o awel yr hwyr.

(Pwysodd y ddau ohonon ni) ar lidiart y buarth, yn edrych draw tua mynyddoedd Arfon yn domennydd gleision dan awyr a adawyd yn aur gan y machlud. Ymhen tipyn, gofynnais,

'Beth ydi maint y fferm yma?'

---

powlio: *to bounce*
llanast: *mess*
Na hidia: Paid â gofidio
'rhen: yr hen
anghwrtais: *discourteous*
Ar eich traws chi: *(If I may) interrupt you*
llofft (G.C): ystafell wely

gweddillion: *remains*
hwylio: h.y. paratoi
yn rhy swrth: yn rhy gysglyd
llond sgyfaint: *lungful*
tomennydd gleision: *blue mounds*
a adawyd: *which were left,* (gadael)
machlud: *sunset*

'O . . . rhyw drigain. Ia, chwe deg acer a phump, a bod yn fanwl.'

'Ydi hi'n ddigon i gynnal chwech ohonoch chi?'

'Fe fyddai'i hanner hi'n ddigon fel yr ydan *ni*'n ffarmio heddiw.'

'Sut hynny?'

'Wel . . . meddyliwch am ein gwrteithiau ni, i gychwyn. Welwch chi'r cae 'na o'ch blaen chi? Welwch chi'r gwartheg arno? Maen nhw wedi bod arno ers wythnosau, a dydi'r borfa'n mynd dim llai. Beth ydi'r gyfrinach, meddech chi? Chwistrelliad o *Dawch Sidan* iddo bob bore Llun.'

'Ond mae'r tir yn blino . . .'

'Blino, ac yntau'n cael bwyd bob wythnos?'

'Rydach chi'n tyfu pob math o betha, mae'n debyg.'

'Pob math—o fewn rheswm, wrth gwrs.'

'Ydi ffarmio'n talu'n o lew?'

'Gwrandewch, 'machgen i. Rhyngoch chi a fi, rydw i wedi pluo 'ngwely'n o lew yn ystod yr ugain mlynedd diwetha 'ma. Mae pob ffarmwr gwerth ei halen o ran hynny.'

'Roedd Doctor Llywarch yn dweud ei bod hi'n anodd iawn i ddyn fynd yn filiwnêr yng Nghymru heddiw.'

'O, roedd o? Mae o'n mynd o gwmpas â'i lygaid ynghau 'te. Rydw i'n nabod dau neu dri—wn i ddim beth y galwch chi nhw os nad miliwnêrs.'

'Ond sut y gwnaethon nhw eu harian? Roedd Doctor Llywarch yn dweud nad ydi hi ddim yn talu i ddyn fod yn berchen mwy nag un siop neu fwy nag un fferm . . .'

'Dydi hi ddim yn talu i un dyn fod yn berchen mwy nag un *busnes,* dyna oedd Llywarch yn ei feddwl. Hynny ydi, dyw hi ddim yn talu iddo fod yn berchen cadwyn o siopau neu gadwyn o ffermydd fel *busnesion.* Fe all fod yn berchen hynny o adeiladau neu hynny o dir ag a fynn, a'u gosod nhw, a gwneud i hynny dalu'n iawn.'

---

rhyw drigain: h.y. tua 60 erw/acer (*acre*)

gwrteithiau: *fertilizers*

porfa: *grass*

mynd dim llai: *to get any less*

cyfrinach: *secret*

chwistrelliad: *injection*

yn o lew: yn eithaf da

pluo 'ngwely: h.y. *I have feathered my own nest*

o ran hynny: *if it comes to that*

yn berchen: *to own*

cadwyn: *chain*

ag a fynn: *as he wishes/wants,* (mynnu)

a'u gosod nhw: *and to let them*

'Mae'r Llywodraeth yn anghyson felly.'

'O, nac ydi. Amcan y Llywodraeth ydi, nid rhwystro i bobol wneud arian, ond rhannu busnesion a thyddynnod rhwng cynifer o deuluoedd ag y medar hi. Teuluoedd annibynnol ydi polisi'r Llywodraeth.'

'Ond dydi teuluoedd ddim yn annibynnol os ydyn nhw'n talu rhent i landlord.'

'Mae 'na gyfraith ar gyfer hynny. Chaiff dyn ddim cadw siop neu ffarm ar osod am fwy na deng mlynedd os oes ar y tenant eisiau prynu ganddo. Ac os nad (ydi) o wedi ennill digon, (mae'r) Llywodraeth yn barod i roi benthyg iddo.'

Trodd y ffarmwr oddi wrth y llidiart, ac yr oedd y gwyll erbyn hyn yn cau o'n cwmpas, ac yn drwm gan arogleuon meddwol diwedd Mai.

'Dwedwch i mi, Ifan,' (meddai Meistr Puw), 'Mair Llywarch (ydi honna) allan yn yr ardd ar ei phen ei hun?'

'Wn i ddim.'

'Hwyrach mai disgwyl amdanoch chi'r oedd hi. Peidiwch ag aros yno i oeri chwaith. Mae min ar yr awel. Wel . . . nos dawch, 'machgen i.'

'Nos dawch, Meistr Puw.'

Gwyliais yr hen frawd rhadlon yn mynd. Pwy ddywedodd fod cymeriadau cefn gwlad yn diflannu? Yr oeddynt gyda ni o hyd—yr oedd cadw'r bywyd Cymreig wedi'u cadw hwythau.

Yr oedd y lleuad yn codi dros y gefnen goediog tua'r dwyrain. Yn araf, goleuodd yr ardd, a gwelais Mair yn sefyll wrth y gamfa y tu draw i'r coed afalau, yn edrych tua'r mynyddoedd. Euthum ati gan feddwl cydio ynddi heb iddi hi glywed. Ond torrodd brigyn dan fy nhroed, a throdd ei phen.

'Clywch aroglau'r gwyddfid, Ifan.'

'Dydw i'n gweld nac yn clywed dim ond chi, Mair.'

---

yn anghyson: *inconsistent*  
cynifer: cymaint  
ag y medar hi: ag mae hi'n gallu, (medru)  
annibynnol: *independent*  
Chaiff . . . cadw: *A person may not keep,* (cael cadw)  
ar osod: ar rent  

llidiart: gât  
gwyll: *dusk*  
hwyrach (G.C.): efallai  
min: *edge*  
cefnen: *ridge*  
camfa: *stile*  
brigyn: darn o bren  
gwyddfid: *honeysuckle*

Llithrodd i'm breichiau agored a phwyso'i phen ar f'ysgwydd. Clywn ei chalon yn curo yn f'erbyn, ac yr oeddwn yn llipa gan gariad.

'Rydw i'n eich caru chi, Mair.'

Dim ateb. Edrychais i lawr i'w hwyneb, ac yr oedd ei llygaid mawr yn agored ac yn ddwys.

'Glywsoch chi beth ddwedais i, Mair? Rydw i'n eich caru chi.'

'Rydw i'n eich caru chithau, ond bod arna i ofn ei ddweud.'

Caeodd distawrwydd y nos amdanom, ac ni ddywedasom ddim. Buasai'n well gennyf i ryw radio-egni ein dileu ni'n dau y foment honno nag i ddim ddod rhyngom a'n gwahanu. Ond a oedd raid ein gwahanu?

'Mair.'

'Beth?'

'Mae genny syniad.'

Edrychodd i fyny i'm hwyneb, a darllenodd fy llygaid.

'Ydi e'n syniad da?'

'Y syniad gorau gafodd neb erioed.'

'Dwedwch wrtho i.'

'Dydw i ddim am fynd yn ôl i'r ugeinfed ganrif. Rydw i am aros yma hefo chi.'

'Ond . . .'

'Sh, 'nghariad i. Peidiwch â dweud dim. Mae'r cyfan wedi'i setlo.'

Caeais ei gwefusau â chusan, a safodd y nos yn fur o olau lleuad o'n hamgylch. Yr oedd aroglau gwyddfid yn ein ffroenau a glaswellt meddal o dan ein traed. Yr oedd y byd yn ieuanc unwaith eto.

---

yn llipa: h.y. *helpless*
yn ddwys: *intense*
ni ddywedasom ddim: ddywedon ni ddim byd, (dweud)

ein dileu ni'n dau: *wipe both of us out*
nag i ddim: *than for anything*
gwahanu: *to separate*
a oedd raid: *was it necessary*

# PENNOD 24

Bu ffarwelio mawr â theulu'r ffarm fore trannoeth, Meistres Puw yn ein hannog i frysio yno eto, a Puw yn siarsio Mair i'w gofio at ei thad.

'Dyna deulu nobl,' meddwn i. 'Fe awn i'w gweld nhw eto hefo'n gilydd ryw ddiwrnod, Mair.'

Edrychodd Mair arnaf drwy gil ei llygad dan ryw hanner gwenu, ac ni ddywedodd ddim.

I lawr drwy Lanrwst, a thrwy Fetws y Coed, a sylwi ar y cyfarwyddiadau Cymraeg a Saesneg i fodurwyr ar hyd y ffordd: *Cadwch i'r Chwith—Keep Left; Rhiw Serth—Steep Hill; Ffordd Bedair Lôn—Four Lane Traffic.* Sylwais mor llwyddiannus y gwnaed i'r cyfarwyddiadau dynnu llygad heb anharddu wyneb y wlad.

Taflodd gawod pan oeddem yn croesi'r 'Crimea', ac yr oedd Blaenau Ffestiniog odanom mewn niwl.

'Mae hi'n dal i fwrw yn 'Stiniog, mi wela,' meddwn i.

'Does dim rhaid iddi,' meddai Mair. 'Mae'r gwŷr tywydd yn medru rheoli'r tywydd i raddau erbyn hyn. Ond mae ysgol sy'n credu bod y tywydd yn ei fympwyon naturiol yn well, oni bai fod wythnosau o law di-dor neu sychder hir. Maen hwythau o blaid ymyrryd bryd hynny.'

Sylwais ar y chwareli a'r gweithfeydd—yr un math o weithfeydd ag ym Methesda, yn amlwg. Sylwais hefyd mor lân oeddynt; pob gwaith a ffatri, hyd yn oed mewn gwregys o dir glas a choed bychain. Ac oddi wrth y bobol brysur ar y strydoedd, yr oedd yn amlwg fod bywyd wedi dod yn ôl i 'Stiniog.

---

yn ein hannog: *urging us,* (annog)
siarsio: *to impress upon*
Fe awn: *We'll go,* (mynd)
drwy gil: trwy gornel
cyfarwyddiadau: *instructions*
mor llwyddiannus: *so successful*
y gwnaed: *that they were done,* (gwneud)
tynnu llygad: *to attract the eye*
anharddu: gwneud yn hyll

'Crimea': bwlch rhwng Betws-y-coed a Blaenau Ffestiniog
i raddau: *to some extent*
mympwyon: *whims*
di-dor: h.y. di-stop
hwythau: nhw hefyd
ymyrryd: *to interfere*
gweithfeydd: chwareli, etc.
gwregys: *belt*

Cododd yn braf eto pan ddaethom i olwg Trawsfynydd. Sylwais fod y moelydd yn llawer mwy coediog nag oeddynt yn fy nyddiau i. Trodd Mair oddi ar y ffordd lydan, lefn, a sefyll yn ymyl adeilad gwyn isel. Wedi mynd i mewn drwy'r porth ac ar hyd coridor, mi glywais sŵn llifio. A gwelais nad oedd canol yr adeilad i gyd ond iard goed fawr, dan do gwydr. Daeth dyn ifanc mewn cot wen atom.

'Bore da, Moi,' ebe Mair.

'Mair Llywarch!' ebe'r dyn ifanc. 'Wel, wel! Beth ydych chi'n ei wneud ffordd yma?'

Eglurodd Mair mai ar daith deuddydd oedd, a chyflwynodd Moi a minnau i'n gilydd. Deëllais fod Moi wedi bod ar gwrs yn yr academi arlunio yng Nghaerdydd. Ef oedd cadeirydd y gymdeithas bioedd yr iard lifio, ac aeth â ni o gwmpas i'w gweld.

'Dyma un o dri diwydiant y Traws,' meddai wrthyf fi. 'Ar wahân i ffarmio, wrth gwrs, y diwydiant mwya. Rydyn ni'n llifio coed yn bob siâp a maint, i bob math o ddibenion. Mae rhyw ddau ddwsin ohonon ni'n gweithio yma. Wedyn, os ewch chi i waelod y pentre, fe welwch Dŷ'r Seiri—yr ail ddiwydiant. Mae rhyw dri dwsin ohonyn nhw, yn gwneud dodrefn o bob math. Rhai hefo peiriannau, a rhai hefo llaw, yn waith crefftwyr drwyddyn. Ni sy'n llifio'r coed iddyn nhw. Wedyn, fe fyddwn yn anfon hydau o ffynidwydd i'r felin bapur yng Ngellilydan.'

'Cymdeithasau cydweithredol ydi'r rheini hefyd?'

'Bob un.'

'Ar beth yr ydach chi'n rhedeg y ffatri yma?'

'Ar bŵer atomig, wrth gwrs. Fuoch chi ag Ifan i weld yr orsaf atomig yn Nhalsarnau, Mair?'

'Naddo.'

'Ewch ag o yno. Mae hi'n o hen erbyn hyn, ond fe'i hail-adeiladwyd hi ryw bymtheng mlynedd yn ôl.'

Ffarwelio â Moi, ac ar draws gwlad i Dalsarnau.

'Wela i mo'r orsaf atomig, Mair,' meddwn i.

---

| | |
|---|---|
| Cododd yn braf: Troiodd yn braf, (codi'n braf) | Seiri: *Carpenters* |
| moelydd: y mynyddoedd a'r bryniau | drwyddyn: *through them* |
| llefn: llyfn (*smooth*) | hydau: *lengths* |
| llifio: *to saw* | ffynidwydd: *fir trees* |
| bioedd: oedd biau | cydweithredol: *co-operative* |
| | yn o hen: yn eithaf hen |

'Rych chi'n edrych arni, Ifan. Mae hi'n union o'n blaenau ni'n awr.'

Rhythais, a dal i rythu, ond heb weld dim tebyg i'r hyn a ddylai gorsaf atomig fod.

'Gwell imi egluro ichi. Mae'r tu faes iddi hi wedi'i gwneud o ddefnydd a ddyfeisiwyd lai nag ugain mlynedd yn ôl. "Gwybrin" y byddwn ni'n ei alw yn Gymraeg. Mae'n gryfach na dur, ond mae'i wyneb fel gwydr, ac mae'n adlewyrchu popeth o'i gwmpas. Mae pob adeilad mawr a godir yng nghanol y wlad, a fyddai'n debyg o amharu ar yr olygfa yn hytrach na'i chyfoethogi, yn cael ei wneud o wybrin. Mewn gair, yn cael ei wneud yn anweledig.'

'Oes hawl inni fynd i mewn?'

'O, oes. Ond yn anffodus, does gyda ni ddim amser. Mae'n rhaid i mi fod yn ôl yng Nghaerdydd erbyn chwech.'

'Cymdeithasau cydweithredol biau'r gorsafoedd atomig hefyd?' (gofynnais).

'Nid yn hollol. Maen nhw'n un o'r gwasanaethau cyhoeddus, fel y rheilffyrdd a'r radio a'r Theatr Genedlaethol. Y Llywodraeth sy'n eu rhedeg nhw, ond mae gan bob gorsaf atomig ei phwyllgor gweithwyr ei hunan, a'r pwyllgor sy'n rheoli'r orsaf unigol mewn cydweithrediad â'r Bwrdd Pŵer.'

Aeth Mair heibio i Ddolgellau heb aros.

Toc, dyna ni yng ngolwg pentref go helaeth, nad oedd yn bod yn f'amser i. Ac ar hynny, daeth yr enw *Hufenfa Meirion* i'r golwg.

'Wel, wel,' meddwn i, 'mae'r hen *Hufenfa* ar fynd o hyd.'

'Go brin y byddech chi'n ei nabod hi erbyn hyn,' ebe Mair.

Aethom i mewn i'r adeilad, a sefyll wrth gownter hir o ffawydd melyn. Daeth merch mewn gwyn atom, yn gwenu'n siriol.

'Croeso i'r Hufenfa,' meddai.

---

Rhythais: *I stared,* (rhythu)
adlewyrchu: *to reflect*
amharu ar: *to impair*
yn hytrach na'i chyfoethogi: *rather than enrich it*
yn anweledig: *invisible*

cydweithrediad: *co-operation*
go helaeth: *eithaf mawr*
nad oedd yn bod: *which did not exist*
ar fynd: *still going*
Go brin y byddech chi: *You would hardly*

'Gwydraid o laeth bob un inni'n dau,' ebe Mair. Archebodd Mair deisen bob un inni, a gofynnodd faint.

'Ho, na, dydi'r rhain ddim yn talu!' meddai llais y tu ôl inni.

Troesom, a gweld dyn ifanc â phen melyn cyrliog yn dod tuag atom.

'Mair Llywarch, beth wnewch *chi* yng nghanol bryniau gwylltion Meirionnydd?'

'Roeddwn i'n meddwl y gwelwn i chi, Hywel,' meddai Mair, yn estyn ei llaw iddo.

Trodd Mair a'n cyflwyno.

'Hen ffrindiau o ddyddiau gwersyll yr Urdd. Hywel yw goruchwyliwr yr Hufenfa.'

Siglodd Hywel fy llaw yn gynnes, talodd drosom, ac aeth â ni at fwrdd bach mewn cornel. Wedi iddynt gyfnewid newyddion, dywedodd Mair wrtho,

'Hywel, eglurwch dipyn ar waith yr Hufenfa i Ifan.'

'Wel,' meddai, 'mae hon yn para'n un o'r hufenfeydd mwya. Rydyn ni'n dal i werthu llaeth i Loegr. Casglu'r llaeth o ffermydd gorllewin Meirionnydd ydi'n gwaith ni, a'i ddosbarthu. Canolfan ydym ni, yn hytrach na diwydiant pentre. Ond rydyn ni'n porthi'r rheini. Yn yr ardaloedd cyfagos y mae ffatrïoedd bychain yn gwneud menyn a chaws a siocled ac yn tunio llaeth a llaeth enwyn, ac rydyn ni'n anfon llaeth i'r rheini i gyd.'

'Ond,' meddwn i, 'onid ydi o'n wastraff ar ddefnyddiau a thrafnidiaeth agor yr holl ffatrïoedd bach yma mewn cynifer o ardaloedd? Fe allech chi wneud menyn a chaws a thunio llefrith a llaeth enwyn yma, yn Hufenfa Meirion.'

'Gallem, wrth gwrs. Ond mynd â'r gwaith at y gweithwyr— dyna ydi polisi'r Llywodraeth Gymreig wedi bod o'i chychwyn. A hyd yn oed os yw hynny beth yn fwy costus, mae'n talu ar ei ganfed mewn cymdeithas iach a diwyd.'

---

Archebodd Mair: *M. ordered,* (archebu)
goruchwyliwr: *supervisor*
cyfnewid: *to exchange*
para: *to last*
a'i ddosbarthu: *to distribute it*
porthi: *to feed*
cyfagos: gerllaw

defnyddiau: *materials*
trafnidiaeth: *transport*
cynifer: *so many*
llaeth enwyn: *buttermilk*
Gallem: *Yes (we could)*
talu ar ei ganfed: *repay many times over*
diwyd: *hard-working*

'Oes ffatri ym mhob ardal yng Nghymru 'te?'

'Agos iawn. A nifer o ardaloedd yn dibynnu ar ei gilydd gan amlaf.'

'Rwy'n dal i gredu y byddai'n rhatach cael un ffatri fawr,' meddwn i.

'A miloedd o ddynion yn gweithio ar bennau'i gilydd, heb fod yn nabod ei gilydd, a heb ddiddordeb yn ei gilydd nac yn eu gwaith? Ac wedi'u tynnu yno o bob rhan o Gymru?' Ysgydwodd Hywel ei ben. 'Economi o weithfeydd bychain hyd y mae'n bosibl—cadw cymdeithasau mor fychain ag y mae modd— dyna'r economi sy ganddo ni yng Nghymru. A dyna'r drefn i adeiladu cenedl iach.'

'Ond beth am lo a dur?'

'Dyna'r eithriadau. Fedrwch chi ddim codi glo ond yn y lleoedd y mae Duw wedi'i roi o. Ac mae'n rhaid mynd â dynion at hwnnw. Ac mae'n rhaid gwneud dur lle mae glo a phorth-laddoedd.'

'Wedi'ch argyhoeddi, Ifan?' ebe Mair.

'Ydw,' meddwn i. 'Does genny fawr o ddewis, nag oes?'

---

gan amlaf: *more often (than not)*  
ar bennau'i gilydd: *on top of each other*  
gweithfeydd bychain: ffatrïoedd bach  
ag y mae modd: ag sy'n bosib  

y drefn: h.y. ffordd  
eithriadau: *exceptions*  
Wedi'ch argyhoeddi: *Convinced*

# PENNOD 25

Yr oedd y ffordd fawr o'r Gogledd i'r Deau yn arwain heibio i Ddolgellau a thrwy ganol gorllewin Maldwyn i Faesyfed. Ar ei hyd yr oedd pedair lôn. Teithiai'r cerbydau cyflym hyd y ddwy lôn ganol, ond ni chaniateid i'r rheini deithio'n gynt na chwe deng milltir yr awr ar y lonydd hynny.

'Mae'n warthus na chaech chi agor allan a gwneud chwech ugain milltir yr awr ar y ffordd ardderchog yma,' meddwn i wrth Mair.

'I beth?' meddai Mair. 'Fe ellwch gadw chwe deng milltir yr awr bron bob cam o Gaergybi i Gaerdydd, ac fe wnewch y daith ar ei hyd mewn tair awr a hanner. Os yw hynny'n rhy araf ichi, rych chi'n mynd mewn awyren. Ond dyma chi'n siarad, Ifan, ac yn fy moedro i. Mae'r heol hon yn radiofagnetig, wrth gwrs, a dyma finnau'n llywio'r car heb fod angen.'

Heb atal y cerbyd, trosglwyddodd Mair ei ofal i'r panel llywio yn ei ben blaen, ac aeth y cerbyd rhagddo wrtho'i hun. Eisteddodd hi yn un o'r cadeiriau esmwyth a rhoi clustog dan ei phen.

O boptu inni, yr oedd y wlad yn wyrdd ac yr oedd ôl ffarmio manwl ym mhobman. Aethom heibio i bentrefi taclus a ffatrïoedd bychain gwynion, del, ac ni welais ddim a oedd yn ddolur i'm llygaid. Yr oeddwn yn fwy penderfynol fyth fy mod yn mynd i aros yn y Gymru siriol hon, lle'r oedd cymaint o Gymraeg a chymaint o bwrpas mewn bywyd, a lle'r oedd Mair.

O hynny i Gaerdydd, dwy waith yn unig yr arosasom ar y daith. Safodd Mair wrth fodurfa y tu allan i Lanfair-ym-Muallt i roi pŵer yn y cerbyd. A mynnodd imi alw gyda hi yng nglofa Nantgarw.

---

ni chaniateid i'r rheini: *those weren't allowed,* (caniatáu)
yn gynt: yn gyflymach
na chaech chi: *that you may not,* (cael)
yn fy moedro: *making me confused*
llywio: *to steer*
heb fod angen: heb eisiau
atal: stopio

trosglwyddodd Mair: *M. transferred,* (trosglwyddo)
rhagddo: yn ei flaen
O boptu inni: bob ochr i ni
dolur: *pain*
siriol: *cheerful*
yr arosasom: *that we stopped*
mynnodd (hi): *(she) insisted,* (mynnu)
glofa: gwaith glo

Saesneg a siaradai'r glowyr â'i gilydd, er i amryw ohonynt siarad Cymraeg â mi. Yr oeddynt hwythau eto'n siriol ac yn llawn bywyd, ac yr oedd yn amlwg imi, wrth fynd drwy'r lofa, fod popeth posibl wedi'i wneud gan Bwyllgor y Glowyr a'r Llywodraeth Gymreig i wneud gwaith y dynion yn ddiogel ac yn fwy diddorol. Nid oedd berygl mwy oddi wrth lwch y lofa. Yr oedd y chwyldro cemegol wedi dileu silicosis.

'Fyddwch chi ddim yn blino yn y pwll o un pen i'r flwyddyn i'r llall?' meddwn i wrth un o'r glowyr.

'Dym ni ddim yn cael cyfle i flino,' meddai. 'Mae gyda ni ffermydd cydweithredol yn y wlad, ac mae pob un ohonon ni'n mynd yno i weithio am dri mis yn y flwyddyn.'

'Er mwyn eich iechyd?'

'Ie. Ac er mwyn newid. Ac er mwyn i ni a'r gymdeithas amaethyddol ddod i ddeall ein gilydd yn well.'

'Cymdeithas gydweithredol biau'r pwll 'ma?'

'Ie, yn gyfan gwbl erbyn hyn.'

'Ac mae'r peth yn gweithio?'

'Wrth gwrs ei fod e'n gweithio. Mae'r Bwrdd Marchnata Glo yn cwrdd â'n pwyllgor ni'n barhaus, ac maen nhw'n eiriau doeth ar y cyfan.'

'Mae gynnoch chi ganolfan gymdeithasol yn y lofa hefyd?'

'Mae popeth gyda ni 'ma. Llyfrgell, a stafelloedd chwarae, a theatr, a ffreutur, a chae rygbi—popeth. Ac mae gyda ni gaplan a meddyg a swyddog lles ac yn y blaen. Ac wrth gwrs, mae pob math o bethau i'n gwragedd a'n plant ni hefyd.'

'A fyddwch chi byth yn cael streic yma?'

'Streicio yn ein herbyn ein hunain? Nid ffyliaid ŷn ni, cofiwch.'

Diolchais i'r glöwr a mynd yn ôl tua'r ganolfan i chwilio am Mair.

Y tro hwn, wrth fynd yn ôl i'r ddinas, mi gefais gyfle i weld cyrion Caerdydd. Yr oedd coed wedi'u plannu ym mhobman,

---

| | |
|---|---|
| amryw: nifer | geiriau doeth: *wise words* |
| amlwg: *obvious* | ar y cyfan: *on the whole* |
| llwch: *dust* | ffreutur: *refectory* |
| dileu: *to eradicate* | caplan: *chaplain* |
| cydweithredol: *co-operative* | swyddog lles: *welfare officer* |
| yn gyfan gwbl: *totally* | ŷn ni: rydyn ni |
| yn barhaus: *constantly* | cyrion: *outskirts* |

rhwng stryd a stryd a hyd yn oed rhwng tŷ a thŷ. Ond nid oedd Caerdydd yn ymddangos fawr mwy i mi nag ydoedd yn fy oes fy hun. Dywedais hynny wrth Mair.

'Nag yw,' meddai Mair. 'Dyw hi ddim llawer mwy. Rhyw bedwar can mil o bobl sy'n byw 'ma. Y rheswm na fyddai 'ma ragor o bobol a rhagor o dai yw fod holl bolisi'r Llywodraeth yn erbyn trefi a dinasoedd mawr. Cael y bobol ma's i'r wlad, o'r trefi ac o'r cymoedd diwydiannol, dyna'r bwriad o hyd.'

'Ac mae'r polisi'n gweithio, mae'n amlwg.'

'Ydi. Nid trwy yrru'r bobol o'r trefi, ond drwy'u denu i'r wlad â diwydiannau ysgeifn ac amodau byw da a phob cysur trefol. Ac mae'r bobol yn falch o fynd.'

Aethom yn esmwyth ar hyd y ffordd lefn drwy faestrefi Caerdydd. Os gallwn gael gwaith wrth fy modd, yr oeddwn innau am fyw gyda Mair yn un o'r maestrefi hyn.

---

fawr mwy: *much more*
diwydiannol: *industrial*
bwriad: *aim*
amlwg: *obvious*
denu: *to attract*
ysgeifn: ysgafn (*light*)
amodau: *conditions*

cysur: *comfort*
trefol: *urban*
yn falch o: *glad to*
esmwyth: *smooth*
llefn: llyfn (*smooth*)
maestrefi: *suburbs*

# PENNOD 26

Cefais groeso mawr gan Ddoctor a Meistres Llywarch. Bu'n rhaid imi ddweud yr hanes i gyd, a Llywarch yn gwgu'n enbyd wrth imi sôn am y Capteiniaid Steele a Lewis-Sharpe.

'Dyhirod,' meddai. 'Dyhirod, siŵr i chi.'

Dywedais nad oedd y Crysau Porffor yn ddrwg i gyd o bell ffordd.

'Er hynny,' ebe Llywarch, 'mae'n drueni na ellid eu dileu'n llwyr. Ond, Ifan, brysiwch gyda'ch te. Ryn ni'n mynd i gael cinio gyda'r Ysgrifennydd Cartref.'

'O?' meddwn i. 'Ydi'r gwahoddiad yn dal?'

'Ydi. Mae'n fwy awyddus fyth i'ch cyfarfod chi wedi'ch profiadau gyda'r Crysau.'

Am chwech i'r funud, safodd cerbyd Llywarch ar y maes parcio bychan o flaen tŷ'r Ysgrifennydd Cartref. Nid bwtler a gyfarfu â ni yn y drws, ond yr Ysgrifennydd Cartref ei hun. Yr oedd yn ddyn nobl, a threuliodd rai munudau yn ymddiheuro i mi am adael i'r Crysau Porffor fy nghipio.

'P'un bynnag, rych chi'n gwbwl ddiogel bellach. Wna neb ymyrryd â chi weddill yr amser y byddwch chi yma.'

Bychan a wyddai Meistr Emrys, meddwn wrthyf fy hun, fy mod am aros yn ei Gymru ef, i fyw.

Yn fuan iawn, mi ddeëllais nad Llywarch a minnau oedd yr unig westeion y noson honno. Cyn cinio, yr oedd amryw eraill wedi cyrraedd. Robert Treharn y nofelydd, Iolo Mawddwy y bardd a'r dramäydd, Arglwydd Faer Caerdydd, Pennaeth Corfforaeth Radio a Theledu Cymru, Golygydd *Y Negesydd,* a dyn ifanc tawel, swil, o'r enw Gwern Tywi. Fe gyrhaeddodd

---

gwgu: *to frown*
yn enbyd: yn ofnadwy
Dyhirod: *Rascals*
o bell ffordd: *by far*
na ellid eu dileu: *that they couldn't be exterminated*
yn llwyr: *totally*
yn dal: *still on*
yn fwy awyddus fyth: *more eager still*

ymddiheuro: *to apologise*
fy nghipio: *kidnap me*
ymyrryd: *to interfere*
gweddill yr amser: *the rest of the time*
Bychan a wyddai ME: *Little did ME know,* (gwybod)
gwesteion: *guests*
amryw: nifer

hwnnw â sypyn o gêr mewn portmanto. Aeth y lleill ato o un i un a'i longyfarch yn frwd.

Eisteddodd y dynion oll fesul dau a thri i sipian te-mwyar-duon-a-rhew, a golygydd *Y Negesydd* a Robert Treharn yn sipian rhywbeth cryfach. Daeth y ddau hynny ataf fi a chymryd diddordeb mawr ynof.

'A nofelydd ydach chi, Meistr Treharn?' meddwn i.

'Felly maen nhw'n dweud.'

'Ydach chi wedi sgrifennu llawer?'

'Cryn bymtheg o lyfrau. Ond dyw'r nofel mo'r hyn oedd hi yn eich dyddiau chi. Mae'r fandaliaid 'ma...' Edrychodd yn ffug-filain ar olygydd *Y Negesydd*—'golygyddion y papurau dyddiol a'r penaethiaid teledu a gweilch y ffilmiau—maen nhw'n cipio nofel o law rhywun cyn bod yr inc yn sych, ac yn ei chyfresu a'i theledu a'i ffilmio nes bod ei hawdur hi'i hun yn ffaelu'i hadnabod...'

'Peidiwch â gwrando arno, Meistr Powel,' meddai'r Golygydd. 'Mae cawdel y dyn yn ymddangos ar ffurf cyfrol hefyd...'

'O, mi fydda'n cyhoeddi rhyw ddeng mil o gopïau ar gyfer y bobol sy'n para i ddarllen yng Nghymru.'

'Ie, ni sy'n gofalu am ei fara beunyddiol,' meddai'r Golygydd. 'Ryn ni'n cyhoeddi pennod o nofel bob dydd yn *Y Negesydd*. Ac mae'n dda hynny...'

Daliodd y ddau i bryfocio ei gilydd tan ginio. Cerddodd yr Ysgrifennydd Cartref o gwmpas i roi tanwydd i'r sgwrs hon a'r sgwrs arall, ac yr oeddwn i'n synnu mor fedrus ydoedd yn cael dynion eraill i siarad mwy nag ef ei hun.

Ar ôl cinio, aeth yr Ysgrifennydd Cartref â ni i stafell yng nghefn y tŷ. Gwelais ar unwaith mai math ar sinema breifat ydoedd.

---

sypyn: *heap*
gêr: offer
yn frwd: *enthusiastically*
fesul dau a thri: *in 2's and 3's*
Cryn: bron
yn ffug-filain: h.y. *pretending to be cross*
gweilch: *scoundrels*
cipio: *to snatch*

ei chyfresu: *serialize it*
ffaelu: methu
cawdel: *mess*
ymddangos: *to appear*
bara beunyddiol: *daily bread*
tanwydd: *fuel*
mor fedrus: *so able*

'Fan yma,' meddai Llywarch wrthyf, 'y bydd ffilmiau dirgel yn cael eu dangos. Mae'n cael gafael ar bob math o ffilmiau dogfennol o bob rhan o'r byd. Ac mae ganddo rywbeth go newydd a go ddirgel i'w ddangos heno, os nad wy'n methu'n fawr.'

Wedi inni i gyd eistedd yn gysurus, safodd Siarl Emrys o'n blaenau i ddweud gair.

'Mae'n amlwg ichi i gyd, gyfeillion,' meddai, 'oddi wrth y rhai welwch chi yma heno, fod genny rywbeth o bwys i'w ddangos ichi. Ond cyn dweud dim, rwy am ofyn i Olygydd *Y Negesydd* a'r Pennaeth Radio beidio â datguddio dim o'r hyn welan nhw ar y sgrîn yma heno. Mi fyddwn yn cynnal cynhadledd i'r Wasg cyn bo hir, ac fe gewch bob gwybodaeth i'w chyhoeddi yn honno.'

'Mae gyda ni yma heno ddau ŵr ifanc ag iddyn nhw hanes pur syfrdanol. Meistr Ifan Powel yw un, y gŵr o'r ugeinfed ganrif. Rydyn ni'n estyn croeso cynnes iawn iddo fe. Y llall yw Meistr Gwern Tywi. Fel y gwyddoch chi i gyd, fe gyrhaeddodd ef yn ôl i Gymru ryw dair wythnos yn ôl, wedi arwain yr ail wibdaith o Gymru i'r lleuad. Doedd y wibdaith ei hun ddim yn gyfrinach; y peth sydd yn gyfrinach—hyd yn hyn—yw'r ffilm sy ganddo i'w dangos yma heno. Rwy'n bur siŵr taw hon yw'r ffilm lwyddiannus gyntaf a dynnwyd o fywyd, neu'r diffyg bywyd, ar y lleuad. Rwy'n pwyso arnoch chi eto, foneddigion, i gadw'r ffilm yn gyfrinach. Trêt fach i chi a minnau yw ei dangos hi yma heno. Nawr 'te, Gwern, bant â chi.'

Safodd Gwern mewn bwth yng nghefn y sinema fechan gyda'i dafluniwr, a thywyllwyd y lle. Pan welais y llun cyntaf a daflwyd ar y llen, mi ddeliais fy ngwynt. Yr oedd mewn lliw, wrth gwrs, ond yr oedd yn syfrdanol dri-dimensiwn. Yr oeddwn fel petawn

---

dirgel: *secret*
dogfennol: *documentary*
go: eithaf
os nad . . . yn fawr: *unless I'm greatly mistaken*
yn gysurus: *comfortably*
amlwg: *obvious*
o bwys: *of importance*
datguddio: *to reveal*
cynhadledd: *conference*

i'r Wasg: *to the Press*
syfrdanol: *amazing*
gwibdaith: *voyage*
cyfrinach: *secret*
diffyg bywyd: *lack of life*
pwyso: *to press*
boneddigion: *gentlemen*
tafluniwr: *projector*
yn syfrdanol: *amazingly*

yn edrych drwy ffenest agored ar gae mawr heulog a nifer o ddynion yn cerdded yn brysur yma a thraw. Gallwn eu clywed yn siarad yn glir. Yna mi welwn beth tebyg i roced fawr yn sefyll mewn sgaffaldiau â'i ffroen loyw tua'r awyr. Daeth llais swil Gwern Tywi yn egluro mai honno oedd y roced *Gwalia II* a aeth â hwy i'r lleuad, a chyflwynodd aelodau'i chriw bob yn un ac un fel y daethant ar y llen.

'Mae dynion wedi gwneud teithiau llwyddiannus i'r lleuad ers saith mlynedd,' meddai, 'ac mi gefais i'r fraint o fod yn aelod yn y trydydd cwmni rhyngwladol i lanio arni. Tair blynedd yn ôl fe gychwynnodd y cwmni cyntaf o Gymru, a Chymry'n unig ynddo. Fe wyddoch am y trychineb pan drawyd eu roced *Gwalia I* gan feteor mawr a'i dryllio. Dwy flynedd yn ôl fe ofynnwyd i mi ffurfio cwmni arall o Gymry, ac fe aethom yn y roced welwch chi o'ch blaenau'n awr, a glanio, a dod yn ôl yn llwyddiannus ond wedi methu ffilmio dim. Yna ychydig dros fis yn ôl, fe aethom eto, gydag aparatws newydd sbon. Rydych chi'n awr yn gweld y criw'n mynd i mewn i'r *Gwalia II.*'

Clywsom ru enbyd y peiriannau, a'r roced loyw'n codi o'i chrud ac yn ffroeni'i ffordd tua'r nefoedd.

'Fe gymerodd dridiau inni gyrraedd y lleuad, yn hwylio rhwng pump a deng mil o filltiroedd yr awr. Rych chi'n awr yn gweld awyr y nos drwy ffenest y roced. Fe dynnwyd lluniau fel hyn o rocedi, wrth gwrs, ers blynyddoedd bellach.'

Ond i mi, yr oeddynt yn syfrdanol. Y sêr a'r planedau'n ddisglair. Bob yn ail â'r sêr, dangosai'r ffilm griw'r roced yn bwyta, yn darllen, yn llywio ac yn syllu, yn chwarae cardiau, yn cysgu. Ac yna, daeth wyneb y lleuad i'r golwg, yn tyfu ac yn tyfu fel y tynnai'r roced tuag ato.

'Fel y gwyddoch chi,' ebe Gwern, 'mae'r newid yn nhymheredd wyneb y lleuad yn aruthrol. Mae'r haul yn tywynnu ar ei

---

yma a thraw: *here and there*
ffroen: *trwyn*
egluro: *to explain*
bob yn un ac un: *one by one*
braint: *privilege*
trychineb: *disaster*
pan drawyd eu roced: *when their rocket was struck,* (taro)
a'i dryllio: *and shatter it*

ffurfio: *to form*
rhu: *roar*
enbyd: *ofnadwy*
ffroeni: *to nose*
tridiau: *tri dydd*
llywio: *to steer*
wyneb: *surface*
tymheredd: *temperature*
yn aruthrol: *yn fawr iawn*
tywynnu: *disgleirio*

chyhydedd am bythefnos heb fachlud, ac yna mae'r cyhydedd mewn tywyllwch am bythefnos. Gwres dychrynllyd, ac yna oerni dychrynllyd. Fe benderfynon ni mai'r lle gorau inni lanio oedd ar ymylon y Mare Nubium wedi i'r haul dywynnu ar hwnnw am ddeuddydd neu dri. Yr oedd y tymheredd yno rywbeth yn debyg i dymheredd diwrnod heulog yng Nghymru yng nghanol y gaeaf.'

Yn araf, glaniodd y *Gwalia,* a thrwy'i ffenest gallem weld mynyddoedd yn codi i awyr a oedd bron yn ddu. Gwelsom gwmni'r roced yn gwisgo'u siwtiau ocsigen ac yn camu allan bob yn un ac un i'r olygfa ddiffaith. Nid oes eiriau eto ar gael i ddisgrifio'r lliw, na'r diffeithdra, na'r arswyd wrth wylio'r dynion bychain hyn yn baglu fel cynifer o dedi bêrs wedi meddwi. Yn sydyn, cwympodd un ohonynt ar ei wyneb.

'Siôn Conwy oedd y cyntaf i lewygu,' meddai Gwern, fel pe na bai dim neilltuol wedi digwydd. 'Rydych chi'n awr yn gweld dau ohonom yn ei gario—neu'n *ceisio*'i gario—yn ôl i'r roced. Y peth mwyaf anodd ar y lleuad yw cario neb na dim.' Toc, disgynnodd un arall o'r cwmni. Ac yna aeth y llun yn goch, yna'n wyrdd, yn las, yn felyn, a diflannu oddi ar y llen.

'Mae'n ddrwg genny am y ffilm, gyfeillion,' meddai Gwern. 'Fe lwyddasom i dynnu cymaint â hynna. Ond yn y fan yna, fe ballodd y ffilm a'r camera newydd oherwydd gorbelydriad. Does mo'r help ar y lleuad. Rhaid dal ati i geisio perffeithio'r aparatws. Y syndod yw inni fedru cadw'r ffilm hon yn ddianaf tra fuom yno. Wedi wyth awr a deugain yno, yr oedd y gwres yn dechrau mynd yn llethol, a bu'n rhaid inni gychwyn yn ôl.'

Euthum o dŷ'r Ysgrifennydd Cartref y noson honno fel dyn mewn breuddwyd. Yr oeddwn mewn gwlad gyfoethog, ac mewn oes a oedd yn cyflawni'r anhygoel ac eto'n cadw'i phen. Oedd. Yr oedd hon yn oes i aros ynddi.

---

| | |
|---|---|
| cyhydedd: *equator* | cynifer: nifer |
| heb fachlud: *without setting* | llewygu: *to faint* |
| ar ymylon: ar lan | fel pe na bai dim: *as if nothing* |
| gallem: roedden ni'n gallu | fe ballodd y ffilm: *the film failed,* (pallu) |
| golygfa: *view* | gorbelydriad: *excessive radiation* |
| diffaith: *desolate* | yn ddianaf: *without damage* |
| diffeithdra: *desolation* | yn llethol: *oppressive* |
| arswyd: ofn mawr | cyflawni: *to achieve* |
| baglu: *to trip* | yr anhygoel: *the incredible* |

# PENNOD 27

Yr oedd trannoeth yn ddydd Iau, ac yr oeddwn yn gyffro i gyd wrth sylweddoli fy mod wedi treulio pum niwrnod cyfan yn yr unfed ganrif ar hugain.

Amser brecwast, dywedodd Llywarch wrthyf,

'Rwy wedi trefnu i fod yn rhydd heddiw, Ifan. Fe fydd yn amser ichi ddychwelyd i'ch oes eich hun yfory. Fe wnawn ddiwrnod ohoni heddiw.'

Agorais fy ngheg i ddweud wrtho nad oeddwn am ddychwelyd i'm hoes fy hun, fy mod am aros, am briodi Mair ... Ond collais fy mhlwc, a'm perswadio fy hun na ddaethai'r amser eto i ddweud. Cawn sgwrs â Llywarch eto.

(Daeth yr amser hwnnw y prynhawn hwnnw.) Penderfynodd Llywarch ei bod yn bryd inni gael te. Mae'n debyg nad anghofiaf byth mo'r te hwnnw. Nid y te ei hun oedd yn gofiadwy, ond y sgwrs a fu rhwng Llywarch a minnau. Yn y caffe bach golau hwnnw ar gyrion Caerdydd y digiais gyntaf wrtho. Yno hefyd y gwelais gymaint dyn ydoedd.

'Wel, Ifan,' meddai, wedi inni orffen bwyta, 'mae'n chwith meddwl ei bod hi bron yn bryd ichi fynd yn ôl i'ch oes eich hun.'

'Dydw i ddim yn mynd yn ôl, Doctor Llywarch,' meddwn i.

Cododd ei ben.

'Beth ydych chi'n feddwl, Ifan?'

'Rydw i'n aros yma. O na, fydda i ddim yn aros yn eich tŷ chi. Dydw i ddim am fod yn faich arnoch chi, rydach chi wedi bod yn rhy garedig yn 'y nghroesawu i cyhyd. Rydw i am chwilio am waith yma ac ... a ...'

'Ewch ymlaen.'

'Wel, dyna'r cyfan, am wn i.'

'Rwy'n gweld.'

---

| | |
|---|---|
| trannoeth: y dydd wedyn | ar gyrion: *on the outskirts of* |
| yn gyffro i gyd: *full of excitement* | y digiais ... wrtho: *that I got annoyed* |
| dychwelyd: mynd/dod yn ôl | *with,* (digio) |
| Fe wnawn: *We'll make,* (gwneud) | gymaint dyn: *so big a man* |
| plwc: *pluck* | mae'n chwith: *it's odd* |
| nad anghofiaf byth: *that I'll never forget,* | baich: *burden* |
| (anghofio) | cyhyd: am gymaint o amser |

Edrychodd Doctor Llywarch heibio imi drwy'r ffenest.

'Dydach chi'n dweud dim, Doctor Llywarch.'

'Dydych chi ddim wedi dweud y cwbwl, Ifan. Beth sy wedi peri ichi fod eisiau aros yma? Mae'ch cyfeillion yn eich disgwyl chi'n ôl, eich gwaith, eich teulu. Ydych chi wedi'u hangofio nhw i gyd mor fuan?'

'Mae Cymru heddiw mor hyfryd, pawb mewn gwaith, y Gymraeg yn fwy byw nag erioed, diwylliant yn flodeuog, diwydiant yn llewyrchus. Mae . . . wel, mae arna i eisiau aros yma. Dyma'r wlad i fyw ynddi.'

'Digon gwir. Ond dych chi eto ddim wedi dweud y cwbwl.'

Gostyngais fy mhen a dweud,

'Naddo. Ddim y cwbwl.'

'Mae'n well ichi ddweud, Ifan.'

Bûm yn hir yn cael y geiriau allan.

'Mae . . . wel, mae Mair a minna mewn cariad.'

'Roeddwn i'n ofni.'

Edrychais arno.

'Roeddech chi'n gwybod?' meddwn i.

'Allwch chi ddim yn hawdd dwyllo hen dderyn,' meddai. 'Oeddwn, roeddwn i wedi gweld yr arwyddion. Ac wedi dechrau pryderu. Rwy wedi dod yn hoff iawn ohonoch chi, Ifan. Ac mi fyddwn yn falch iawn o weld Mair yn gwneud bargen fwya'i bywyd â chi, oni bai . . .'

'Am beth?'

'Am y gelyn amser.'

Mi geisiais swnio fel dyn wedi'i frifo.

'Wn i ddim beth ydach chi'n feddwl, Doctor Llywarch.'

'Fe wyddoch yn iawn beth wy'n feddwl. Rych chi wedi neidio o un pwynt mewn amser i bwynt arall, a rhwng y ddau bwynt y mae wyth deg o flynyddoedd. Fe lwyddasoch i ddal y naid, heb wneud niwed i'ch corff nac i'ch meddwl. Rwy'n ddiolchgar am hynny, ac fe ddylech chithau fod . . .'

---

peri: achosi

diwylliant: *culture*

yn flodeuog: *flourishing*

yn llewyrchus: *prosperous*

Gostyngais: *I lowered,* (gostwng)

twyllo: *to deceive*

arwyddion: *signs*

bargen fwya'i bywyd: *the biggest contract of her life*

y gelyn amser: *the enemy of time*

swnio: *to sound*

fel dyn wedi'i frifo: *like a man wounded*

Fe lwyddasoch: *You succeeded,* (llwyddo)

naid: *jump*

'Ydw, wrth gwrs . . .'

'Ond.' Ac yma, oedodd Llywarch. 'Un peth yw gwibdaith o'ch oes eich hun i oes arall. Peth gwahanol yw aros yn yr oes arall honno, i fyw. Dym ni eto ddim yn gwybod digon am y peth a alwch chi'n Amser-Ofod i'ch diogelu chi rhag unrhyw effeithiau niweidiol a all ddilyn chwarae ag amser fel hyn. Mi allaf sicrhau y dychwelwch chi i'ch oes eich hunan, i'r union le y daethoch chi ohono, oherwydd mae'ch moment chi'ch hun mewn amser yn eich tynnu chi'n ôl. Alla i mo'ch gorfodi chi i ddychwelyd, wrth gwrs. Ond rwy'n gadarn fy marn mai dychwelyd y dylech chi.'

'Ond mae Mair a minna . . .'

'Mi wn. Ac mae'n flin genny amdanoch chi'ch dau. Ond dim ond am bum niwrnod yr ych chi wedi nabod eich gilydd. A dim ond ichi ddeall mai er eich lles y byddwch chi'n ymwahanu, fe lwyddoch yn fuan iawn i anghofio . . .'

'Allwn ni ddim anghofio. Alla i ddim . . .'

'Ifan. Os ydych chi'n caru Mair, fynnech chi ddim iddi briodi dyn a allai ddiflannu o'i bywyd fel ffantom heb eiliad o rybudd.'

Edrychais i'w wyneb.

'Allai hynny ddigwydd?'

'Fe allai'n hawdd. Fe allai Amser eich cipio o'i hymyl wrth yr allor, o'i breichiau unrhyw noson . . .'

'O, na . . .'

'A'i gadael yn weddw heb unman i droi, heb gorff i'w gladdu, hyd yn oed. Meddyliwch, Ifan, meddyliwch o ddifri. Ewch yn ôl cyn bod dim niwed wedi'i wneud. Mi egluraf i Mair fel rwy wedi egluro i chi.'

---

oedodd Ll: *Ll hesitated,* (oedi)
gwibdaith: taith
diogelu: *to safeguard*
effeithiau: *effects*
niweidiol: *damaging*
Mi allaf sicrhau: *I can guarantee*
y dychwelwch: *that you'll return,* (dychwelyd)
i'r union le: *to the exact spot*
Alla i mo'ch gorfodi: *I can't force you,* (gorfodi)
yn gadarn: *steadfastly*
barn: *opinion*
er eich lles: *for your good*

ymwahanu: *to separate*
Allwn ni ddim: *We can't,* (gallu)
fynnech chi ddim: *you wouldn't wish,* (mynnu)
a allai ddiflannu: *who could disappear,* (gallu)
Allai hynny . . .?: *Could that . . .?* (gallu)
cipio: *to snatch*
allor: *altar*
gweddw: *widow*
o ddifri: *seriously*
Mi egluraf: *I'll explain,* (egluro)

108

Am funud, yr oeddwn yn enbyd o ddig wrtho. Pa hawl oedd ganddo ef i ddifetha'n bywyd ni'n dau?

'Rydach chi'n trio'n gwahanu ni, Doctor Llywarch, am nad ydw i'n ddigon da i Mair.'

'Ifan.' Cydiodd yn fy llaw, a phan glywais gyffyrddiad cadarn y llaw wyddonol honno, gwyddwn imi fod yn siarad yn annoeth. 'Ifan, fel y dywedais i, petai'n bosibl, pe gwyddwn ei bod hi'n bosibl, i chi a Mair fyw'n hapus, ddianaf, gyda'ch gilydd yma am weddill eich oes, mi wnawn bopeth i sicrhau hynny. Ond mae arna i ofn, ofn yn fy nghalon . . .'

'Mae'n ddrwg genny, Doctor Llywarch. Mi fûm i'n ynfyd. Maddeuwch imi.'

'Dewch, 'machgen i. Mae'n well ichi fynd yn ôl heno. Ac felly, mae'n well inni fynd ar unwaith i baratoi.'

---

yn enbyd o ddig: *very annoyed*  
Pa hawl. . .?: *What right. . .?*  
difetha: *to spoil*  
gwahanu: *to separate*  
cyffyrddiad: *touch*

yn annoeth: *unwisely*  
dianaf: *without injury*  
mi wnawn: *I'd make,* (gwneud)  
Mi fûm yn ynfyd: *I was mad*

## PENNOD 28

Cafodd Mair ddod gyda ni i'r labordy. Credai'i thad mai dyna oedd orau, er mwyn iddi weld â'i llygaid ei hun y fath rym oedd amser, ac nad oedd gennym un siawns yn ei erbyn.

Yr oedd deigryn yn llygad Meistres Llywarch, hyd yn oed, wrth imi ffarwelio â hi.

'Alla i ddim dweud wrthych chi am ''frysio yma eto'', Ifan,' meddai. 'Ond mi allaf ddweud 'mod i wedi mwynhau'ch cael chi yma'n anghyffredin, ac y bydda i'n meddwl llawer amdanoch chi. A gobeithio y gwnewch chi feddwl weithiau amdanom ninnau.'

'Mi wnaf, Meistres Llywarch. Diolch yn fawr iawn ichi am eich croeso. Ac . . . wel, nos da.'

Yr oedd y daith olaf honno drwy hyfrydwch Caerdydd yn ing imi. Yr oedd haul yr hwyr ar ei thyrau a'i thai lliwgar ac ar ei choed, a'r llanciau a'r llancesi siriol yn cerdded ei heolydd gan gyfarch ei gilydd, yn mwynhau bywyd ac yn byw i bwrpas. Llifai'r cerbydau hyd yr heolydd radiofagnetig, yn bwyllog ac yn braf. A minnau'n mynd drwy eu canol yng ngherbyd Llywarch, yn dal llaw Mair, fel dyn yn mynd i'r crocbren.

Dywedodd Llywarch wrthym ein dau am fynd i'r stafell fechan naill du. Caeodd y drws arnom yn ddoeth. Yr oedd Mair yn welw, a minnau'n fud. Ymhen tipyn dywedais,

'Mae popeth wedi digwydd mor sydyn, Mair.'

Nodiodd Mair.

'Ddaru'ch tad egluro ichi?' meddwn i wedyn.

'Do. Fe eglurodd.'

'Er ein lles ni'n dau y mae hyn.'

'Felly roedd e'n dweud.'

---

| | |
|---|---|
| grym: *force* | yn bwyllog: heb ruthro |
| deigryn: *tear* | crocbren: *gallows* |
| yn anghyffredin: h.y. yn fawr iawn | naill du: ar yr ochr |
| hyfrydwch: *loveliness* | yn ddoeth: *wisely* |
| ing: poen | yn welw: *pale* |
| tyrau: *towers* | yn fud: ddim yn siarad |
| siriol: *hapus* | egluro: *to explain* |
| cyfarch: *to greet* | Er ein lles: *For our good* |

Aethom yn fud drachefn. O'r diwedd, methais â dal, a chydiais ynddi. Pwysodd ei phen ar f'ysgwydd a dechrau sobian.

'Peidiwch â chrio, Mair.'

'Dyna gyngor dwl.'

'Mae gynnoch chi ddigon o gariadon.'

'Doeddwn i ddim yn caru'r un ohonyn nhw.'

'Fe wnewch. Wedi i mi fynd . . .'

'Pam mae'n rhaid ichi fynd? O, rwy'n gwybod bod 'Nhad wedi dweud nad yw hi ddim yn ddiogel ichi aros, ond . . .'

'Eich tad sy'n gwybod ora. Mi siaradais fel ffŵl amser te, fedrwn i ddim diodde'r syniad o'ch gadael chi. Ond rŵan . . .'

'Helpwch fi i fod yn ddewr, Ifan.'

'Rydw i'n trio.'

Sychodd ei llygaid. Trodd y ddau lygad mawr tywyll arnaf a dweud,

'Mi fydda yn cofio'r dyddiau hyn tra fydda i byw. Fuon nhw ddim yn ofer, naddo, Ifan?'

'Naddo, Mair. Ddim yn ofer.'

Cusanodd fi ar fy moch, ac yna agorodd y drws. Safodd Llywarch yno.

'Wel, 'y mhlant i, os ydych chi'n barod, rym ninnau'n barod. Dewch drwodd yma am funud, Ifan. Mae'n well ichi newid eich dillad cyn cychwyn.'

Newidiais fy nillad am y dillad y deuthum ynddynt wythnos yn ôl. Ac yna gofynnodd Llywarch imi orwedd ar y glwth yn ymyl y peiriant mawr tryloyw a oedd yn glociau i gyd. Safai'r llanc a elwid Gwilym wrth y peiriant, a safodd Llywarch uwch fy mhen. Yr oedd ei wyneb yn garedig.

'Fe fydd y daith yn ôl yn rhwyddach na'r daith yma, Ifan. Y cyfan sydd eisiau i chi'i wneud yw ymlacio'n llwyr. Fe wna'r peiriant y gweddill. Peidiwch â gofidio am ein gadael ni. Wedi mynd yn ôl, gweithiwch eich gorau dros gael Cymru'n rhydd. Mae'r Gymru lewyrchus yr ŷm ni'n byw ynddi heddiw yn

---

cyngor: *advice*  
yn ddewr: *brave*  
yn ofer: *in vain*  
glwth: *sofa*  
tryloyw: *very shiny*

a elwid: *who was called,* (galw)  
yn rhwyddach: yn fwy hawdd  
gweddill: *remainder*  
llewyrchus: *prosperous*

dibynnu ar yr hyn a wnaethoch chi yn eich amser, a'r rhai a weithiodd gyda chi. Siwrne dda ichi, Ifan.'

Yna trodd at Gwilym, a dweud,

'Mosiwn chwech.'

Trawodd Gwilym swits ar y peiriant, a dechreuodd y glwth odanaf grynu'n esmwyth.

'Mosiwn chwech,' ebe Gwilym.

'Mesmeriadur,' ebe Llywarch.

Tynnodd Gwilym lifer, ac fe'm clywais fy hun yn suddo'n araf i lesgedd hyfryd. Edrychodd Llywarch arnaf.

'Gradd deg,' meddai.

'Mesmeriadur gradd deg . . .' ebe Gwilym.

Dyna'r geiriau olaf a glywais. Yr oeddwn yn llithro'n bellach, bellach o hyd. Y peth olaf a welais cyn i'm llygaid dywyllu oedd wyneb Mair, a hwnnw mewn ffordd ryfedd yn rhoi tawelwch imi i gychwyn ar y daith.

---

Siwrne: Taith
crynu: *to shake*
yn esmwyth: *comfortably*

Mesmeriadur: *Mesmeriser*
llesgedd: *blinder mawr*

# PENNOD 29

'Ifan. Ifan, rwyt ti'n ôl!'

'Mm . . .?'

Ceisiais ysgwyd y niwl o'm hymennydd a cheisio sylweddoli ymhle roeddwn. Trwy fawr drafferth codais fy llaw i rwbio fy llygaid, ac yn araf goleuodd y stafell o'm cwmpas. Yr oedd Tegid yn sefyll uwch fy mhen, yn gwenu fel organ ac yn f'ysgwyd braidd yn rhy egnïol.

'Wyddost ti, 'rhen ddyn, roeddwn i wedi mynd i feddwl na welwn i byth monot ti eto. Diolch i'r nefoedd am dy gael di'n ôl yn fyw ac yn iach. Newydd fynd i'r gegin yr oeddwn i i wneud tamaid o swper, a phan ddois i'n ôl, dyma lle roeddet ti . . . Duwc, rhaid imi dy godi oddi ar lawr . . .'

'Paid â thrafferthu, Tegid. Rydw i'n meddwl y galla i godi fy hun.'

'Mi fydd Doctor Heinkel yma unrhyw funud. Mae o yma hanner dwsin o weithie bob dydd; mae o wedi gwirioni'i ben ar yr arbraw. Mae'n mynd i fod yn hanesyddol, medde fo . . .'

'Felly wir . . .'

'Dywed i mi, ble buost ti, 'rhen ddyn? Be welest ti? Welest ti lawer o newid? Hist! Dyna Doctor Heinkel ar y gair. Wel, wel, mi fydd wedi colli'i ben yn lân . . .!'

Aeth Tegid allan o'r stafell i gyfarfod â'r Doctor, a minnau'n falch o gael munud o dawelwch. Ond ni chefais funud. Rhuthrodd y ddau i mewn, a bu agos i Doctor Heinkel ei daflu'i hun wrth fy nhraed.

'Ifan! Wel, wel, wel! Rwy'n falch o'ch gweld yn ôl. Ond rhaid ichi fynd i'ch gwely ar unwaith, neu fe â'r straen yn ormod ichi. Dewch, Tegid, helpwch fi i'w gael i'w wely. Dim siarad heno,

---

| | |
|---|---|
| ysgwyd: *to shake* | yn fyw ac yn iach: *alive and well* |
| ymennydd: *brain* | dois: fe ddes i, (dod) |
| sylweddoli: *to realise* | wedi gwirioni ei ben: *has become totally* |
| trafferth: *difficulty* | *obsessed* |
| yn rhy egnïol: *too energetically* | arbraw: *experiment* |
| Wyddost ti?: *Did you know?* (gwybod) | bu agos i DH: *DH almost* |
| na welwn i . . .: *that I'd never see,* | fe â'r straen: *the strain will become,* |
| (gweld) | (mynd) |

113

Ifan. Mi ddof yma bore fory a llyfr sgrifennu mawr gyda mi, i gael yr holl fanylion.'

Cyn pen dim yr oeddwn yn fy ngwely. Yr oedd Tegid yn amlwg yn ysu am yr hanes, ond rhoes Doctor Heinkel daw arno. Pan ddeffroais, yr oedd haul braf yn llenwi'r ffenest, ac yr oedd yn chwarter i hanner dydd.

Yn ôl ei addewid, yr oedd Doctor Heinkel wrth fy ngwely cyn gynted ag y deffroais, â llyfr sgrifennu mawr yn ei law. Yr oeddwn mor hwyr yn deffro, fodd bynnag, fel nad oedd yn werth iddo ddechrau sgrifennu cyn cinio. Aethom allan i'r ddinas i ginio.

Wrth deithio drwyddi yn y bws, prin y gallwn gredu fy llygaid. Nid yr un Gaerdydd oedd hon â'r Gaerdydd yr oeddwn wedi bod yn byw ynddi am yn agos i wythnos. Yn ymyl honno, yr oedd hon yn ddi-liw, yn ddiamrywiaeth. A'r Saesneg ar bob siop, ar bob stryd, ar bob gwefus. A'r aroglau petrol. A'r olwg ddifater ar wynebau'r teithwyr yn y bws. O, wel. Yr oedd y gwelliant i ddod, beth bynnag. Peth braf oedd gwybod hynny.

Wedi dychwelyd i'r tŷ, treuliais y pnawn yn adrodd yr hanes wrth Doctor Heinkel. Ysgrifennai'n brysur mewn Almaeneg, gan fy atal bob hyn a hyn i ofyn cwestiwn. Yr oedd Tegid yn gwrando ar fy stori fel dyn dan gyfaredd. Yr oedd popeth yr oeddwn yn ei adrodd mor syml i mi. Mor naturiol. Mor wir. Ond i Tegid . . .

'Ac fe fuost mewn Cymru Rydd!' meddai'n anghrediniol. 'O, gwyn fyd na fuaswn i'n *K Eins*!'

'A, Tegid,' ebe Doctor Heinkel. 'Rhaid i chi fodloni ar eich cyfyngiadau. Yn awr, Ifan, roeddech chi ar ganol hanes y gêm bêl droed, a Rhys Rhymni. . . '

---

Mi ddof: *I'll come,* (dod)
manylion: *details*
Cyn pen dim: *In no time*
yn amlwg: *obviously*
yn ysu: *itching (to know)*
rhoes DH daw arno: *DH put a stop to him,* (rhoi taw)
addewid: *promise*
cyn gynted ag: *as soon as*
prin y gallwn gredu: *I could hardly believe,* (gallu)
yn ddiamrywiaeth: *without variety*

difater: *indifferent*
gwelliant: *improvement*
dychwelyd: mynd/dod yn ôl
gan fy atal: *stopping me*
bob hyn a hyn: *every now and again*
dan gyfaredd: *in a trance*
yn anghrediniol: *with disbelief*
gwyn fyd na fuaswn i: h.y. *pity that I wasn't*
bodloni: *to be satisfied*
cyfyngiadau: *limitations*

Pan ddaeth amser gwely, yr oeddwn yn dal i ddweud y stori.
A Doctor Heinkel yn dal i sgrifennu. A Tegid yn dal i wrando.
Caeodd Doctor Heinkel ei lyfr, a dweud,

'Dim rhagor heno, Ifan. Rhaid mynd i'r gwely. Fe gewch
ddweud y gweddill bore fory. Tegid, gaf i ddefnyddio'r
teleffon?'

'Y gweleffon ydach chi'n feddwl. . .' Ac ateliais fy hun.

Chwarddodd Tegid.

'Rwyt ti'n dal i fyw yn y flwyddyn 2033, 'rhen ddyn,'
meddai.

Oeddwn, yn fwy nag a wyddai ef. Yn fwy nag a wyddai
Doctor Heinkel. Yr oedd arnaf hiraeth, gwir hiraeth, am y
bywyd hamddenol, llon, y bûm yn ei fyw am gyn lleied o amser.
Hiraeth am y strydoedd lliwus, am y gweithwyr bodlon, am y
papur dyddiol Cymraeg, am Doctor Llywarch a Meistres
Llywarch, am Mair. Yn enwedig am Mair. Yr oedd yr hiraeth
amdani hi yn fy mwyta. Yr oeddwn yn siŵr na allwn fyw
hebddi'n hir.

Yn fy ngwely y noson honno bûm yn meddwl amdani eto.
Gwelwn ei dau lygad mawr mor eglur ag y gwelwn olau lamp y
stryd ar y pared o'm blaen. A'r wên sydyn honno fyddai'n torri
dros ei hwyneb, a'r mymryn cryndod yn ei llais pan fyddai
rhywbeth wedi'i chyffwrdd. Gwelwn hi â'i phen ar f'ysgwydd
yng ngardd y ffarm uwchben Llanrwst, a'r lleuad yn edafedd
arian yn ei gwallt, yn edrych arnaf wrth imi'i gadael yn y
labordy. . . Troais ar fy ochor, a cheisio'i gwthio o'm meddwl.
Ond nid oedd anghofio arni.

---

Fe gewch ddweud: *You may say,* (cael
  dweud)
gweddill: *rest*
ateliais: *I stopped,* (atal)
yn fwy. . . ef: *more than he knew,*
  (gwybod)
gwir hiraeth: *real longing*
hamddenol: *leisurely*

cyn lleied: *so little*
lliwus: lliwgar
pared: wal
mymryn cryndod: *slight quiver*
cyffwrdd: *to touch*
edafedd arian: *silver thread*
Ond . . . anghofio arni: h.y. *There was*
  *no way I could forget her*

## PENNOD 30

Cyn amser te drannoeth, yr oeddwn wedi gwneud penderfyniad arall. Yr oeddwn wedi dweud yr hanes wrth Doctor Heinkel, cymaint ohono ag y gallwn ei gofio ac mor drefnus ag y gallwn ei ddweud. Yr oedd llyfr y Doctor yn llawn a'i wyneb yn fodlon. Ac yr oedd y dolur ynof fi yn dwysáu.

Uwchben te, dywedais wrth Doctor Heinkel a Tegid,

'Mae'n debyg y byddwch chi'ch dau'n meddwl 'mod i'n drysu. Ond rydw i am fynd yn ôl eto.'

Edrychodd y ddau arnaf.

'Yn ôl i ble?' ebe Tegid.

'Yn ôl i'r dyfodol. I'r flwyddyn 2033. Mi ddwedodd Doctor Llywarch ei bod hi'n beryglus imi drio byw mewn unrhyw oes ond fy oes fy hun. Ond rydw i am ei mentro hi. Alla i ddim byw o gwbwl—heb Mair.'

'Ond Ifan, rwyt ti yn drysu . . .'

'Pwyll, Tegid,' meddai Doctor Heinkel. 'Fe wyddai Doctor Llywarch fwy am Amser-Ofod nag a wn i. Mae'n hawdd genny gredu'i fod yn iawn. Fel y dwedais, wn i ddim digon. Ond rwy'n credu, os mynnwch chi fynd eto i'r un pwynt yn y dyfodol, y byddwch chi'n edifar.'

'Pam?' meddwn i, yn ei herio.

'Alla i ddim dweud wrthych chi pam. Ond rwy'n crefu arnoch chi fodloni, a pheidio â meddwl am fynd.'

'Rydw i *am* fynd,' meddwn i. 'Rydw i am fynd heno, os gwnewch chi fy helpu i.'

'Ond Ifan,' meddai Tegid. 'Elli di mo'n gadael ni fel hyn. Beth am dy waith? Beth am dy deulu? Rwyt ti'n siarad yn ynfyd . . .'

---

cymaint ohono ag y gallwn: *as much*
   *of it as I could*, (gallu)
mor drefnus: *as orderly*
yn fodlon: *satisfied*
y dolur ynof: *the pain within me*
yn dwysáu: *intensifying*
'mod i'n drysu: *that I'm confused*
am ei mentro hi: *to give it a go*
Pwyll: *Steady on*

Fe wyddai DLl: *DLl knew,* (gwybod)
os mynnwch chi: *if you insist,* (mynnu)
edifar: *sorry*
herio: *to challenge*
crefu: *to beg*
bodloni: *to be satisfied*
Elli di . . . : *You can't leave,* (gallu)
yn ynfyd: *mad*

116

'Hwyrach 'mod i. Ond fedrwch chi ddim deall gymaint y mae
arna i eisiau bod hefo Mair.'

'Mae'n bosibl,' ebe Doctor Heinkel, ac yr oedd yn edrych
arnaf yn ddifrifol iawn erbyn hyn, 'mae'n bosibl, hyd yn oed os
cyrhaeddwch chi'r un pwynt yn y dyfodol eto, na welwch chi
byth mo Mair.'

'Nonsens!' meddwn i'n wyllt. 'Rydw i'n siŵr o'i ffeindio hi.'

Lledodd Doctor Heinkel ei ddwylo'n ddiobaith. Edrychodd
Tegid arno'n erfyniol. Euthum i a gorwedd ar y soffa fel y
gwneuthum y tro cynt, a dweud,

'Rydw i'n barod, Doctor.'

Daeth y Doctor ataf a sefyll uwch fy mhen.

'O'r gorau,' meddai 'Mi'ch gyrraf chi i'r dyfodol eto. Ond ar
un amod yn unig.'

'Beth ydi honno?' meddwn i.

'Eich bod yn rhoi addewid imi y dewch chi'n ôl os methwch
chi â dod o hyd i Mair cyn pen tridiau.'

'Mi ddof o hyd iddi . . .'

'Os *methwch* chi.'

Chwerddais yn gwta. O'r diwedd dywedais,

'O'r gorau, Doctor. Os na ddo i o hyd i Mair cyn pen tridiau,
mi ddof yn ôl.'

'Fe all fod yn anodd ichi ddod. Rhag ofn y byddwch chi mewn
unrhyw anhawster, mi fyddaf i yma, yn y stafell hon, rhwng naw
a deg bob nos, yn canolbwyntio arnoch chi. Os byddwch chi am
ddod yn ôl, ac yn methu cael help i hynny, canolbwyntiwch
chithau arnaf fi yn y stafell hon yr un adeg o'r nos—rhwng naw
a deg. Canolbwyntiwch, ewyllysiwch, yn galed. Ydych chi'n
deall?'

'Ydw, Doctor.'

Peth hawdd oedd addo. Unrhywbeth er mwyn cael mynd.

---

Hwyrach (GC): efallai
na welwch chi byth: *that you'll never
see,* (gweld)
Lledodd DH: *DH spread,* (lledu)
yn erfyniol: *beggingly*
amod: *condition*
addewid: *promise*
cyn pen tridiau: *by the end of 3 days*

Mi ddof o hyd iddi: *I'll find her,*
(dod o hyd i)
yn gwta: *curtly*
Os na ddo i o hyd i: *If I won't find,*
(dod o hyd i)
canolbwyntio: *to concentrate*
ewyllysiwch: *will yourself,* (ewyllysio)
addo: *to promise*

Aeth Doctor Heinkel i gasglu'i bethau. Rhoes bigiad imi yn fy mraich. Tynnodd y plât cromiwm o'i fag a'i hongian ar y lamp uwch fy mhen. Gosododd y lamp drydan wrth fy mhenelin a'i goleuo ar y cromiwm. Ac yna eisteddodd yn fy ymyl.

Dechreuodd fy mesmereiddio, a'r tro hwn yr oeddwn yn gwbwl barod. Yr oeddwn yn canolbwyntio â holl nerth f'ewyllys ar y flwyddyn 2033. Ni bu'n rhaid i'r Doctor furmur yn hir uwch fy mhen nad aeth y stafell 'Whiff!' oddi wrthyf a minnau'n fy ngweld fy hun yn mynd drwy'r plât cromiwm i berfedd y twnnel tywyll, ac yn saethu bendramnwgl i anymwybod.

---

pigiad: *injection*
â holl nerth: *with all one's might*
f'ewyllys: *my will*
murmur: *murmur*

perfedd: *depths*
pendramwnwgl: *head over heels*
anymwybod: *unconsciousness*

# PENNOD 31

'Another deuced Welshman', oedd y geiriau cyntaf a glywais pan ddeuthum ataf fy hun.

Y tro hwn, fel y tro o'r blaen, yr oeddwn yn ingol sâl. Gwyddwn fod rhywun yn dal fy mhen, a rhywun yn sefyll rhyngof a golau cryf a oedd yn tywynnu arnaf.

'Llywarch . . .' meddwn i, 'Doctor Llywarch . . .'

Daliodd y ddau ddyn i siarad â'i gilydd yn Saesneg. Dechreuodd fy llygaid glirio tipyn, ac estynnais fy llaw.

'Doctor Llywarch?' meddwn i wedyn.

Ac yna cliriodd fy llygaid yn llwyr, a gwelais y dyn yn glir. Nid Llywarch ydoedd.

'How do you feel?' meddai, yn eitha caredig.

'Where is Doctor Llywarch?'

'I don't know what you mean. My name's Spencer. My colleague here's Crane. We heard you raving in Welsh before you came to. We guessed it was Welsh because we've had others here from the nineteen-sixties and seventies. It is Welsh, isn't it?'

'Of course it's Welsh. Isn't there anyone here who speaks Welsh?'

Chwarddodd y ddau yn uchel.

'Lord, no!' meddai Spencer. 'The Welsh language died out years ago.'

Euthum yn oer drosof. Ai tynnu fy nghoes yr oeddynt? Ai dweud y gwir?

'But this is Cardiff?'

'Of course it's Cardiff.'

'What year is it?'

'2033.'

Aeth yr oerni'n gryndod. Yr oedd rhywbeth enbyd o'i le. Yr un fan. Yr un flwyddyn. Ond dim Llywarch. Dim Cymraeg. Yr

---

pan ddeuthum ataf fy hun: h.y. *when I recovered consciousness*
yn ingol sâl: yn sâl iawn
Gwyddwn: Roeddwn i'n gwybod
tywynnu: disgleirio

yn llwyr: *totally*
yn glir: *clearly*
Aeth . . . yn gryndod: *The coldness turned to a shiver*
enbyd: ofnadwy

119

oedd fel breuddwyd drwg, ac yr oedd arnaf eisiau deffro. Ond yr oedd Spencer a Crane yn sicir yn gig a gwaed. Ceisiais godi oddi ar y gwely caled, a helpodd Crane fi. Daeth Spencer ymhen munud â choffi mewn thermos a brechdanau. Rhoddodd hwy ar fwrdd bach o'm blaen a dechreuais fwyta.

Holais Spencer beth yr oedd yn ei wneud yng Nghaerdydd.

'I'm Professor of Superdynamics at the University.'

Yr un swydd â Llywarch. Ac yn yr un lle. Sut yr oedd deall pethau? Ond hwyrach, meddwn i, fod athro yn yr un pwnc ag ef yng ngholeg Bangor neu Aberystwyth, a bod hwnnw'n medru rhywfaint o Gymraeg.

'There is no college at Bangor or Aberystwyth. They were closed down at the end of the last century.'

Yr oedd hyn oll y tu hwnt imi.

'Wait a minute,' ebe Crane. 'What about that phoney old fool in Rubena? You know, Spencer, he lives next street to you.'

'What about him?'

'He has a Welsh name on his house. He had a letter in the *Mail* the other day asking if there was anyone beside him who knew any Welsh. Perhaps he'd like to put up this fellow for a night or two.'

Dyna wahaniaeth rhwng croeso'r ddau hyn a'r croeso a gawswn gan Llywarch. Yr oeddynt yn eitha caredig, ond 'this fellow' oeddwn i iddynt wedi'r cwbwl. Gymaint parchusach oedd 'Meistr Powel'.

'Good idea,' meddai Spencer. 'We'll take him.'

Newidiodd y ddau eu cotiau llwydion am gotiau glaw plastig, a rhoesant un am f'ysgwyddau innau. Aethom i mewn i gerbyd digon tebyg i gerbyd Llywarch, ond yr oedd Spencer yn gyrru hwn. Gofynnais onid oedd heolydd Caerdydd yn radiofagnetig?

'Lord, no!' meddai Spencer. 'There are radiomagnetig streets in London, Birmingham, Liverpool—but not in Cardiff. The Government would think them a waste of money in a little provincial town like this.'

---

yn gig a gwaed: *flesh and blood*
hwyrach (GC): efallai
yn medru: yn gallu (siarad)
y tu hwnt imi: *beyond me*

a gawswn: *that I'd had,* (cael)
Gymaint parchusach: *so much more respectful*
rhoesant: rhoion nhw, (rhoi)

Gyrrodd Spencer drwy'r glaw, drwy draffig llawer gwylltach nag a welswn yng Nghymru Llywarch, nag a welswn erioed, yn wir. Gwelwn flociau o fflatiau unffurf unlliw, i'r dde ac i'r aswy. Nid oedd yma un ymgais i greu'r prydferth a'r cartrefol.

Safodd y cerbyd o flaen rhes o dai. Aethom ein tri allan ac i fyny at y tai. Sylwais ar yr enwau ar y drysau: *Home; Hollywood; Haven; Paradise; Lido* ... Ac yna, sefais yn stond. Dyma ddrws ag arno'r enw *Eryri.*

'How d'you pronounce that?' meddai Spencer.

Dywedais 'Eryri'.

Chwarddodd y ddau, ac aeth Spencer i guro ar y drws. Wedi inni ddisgwyl am sbel, agorodd y drws, a safodd dyn mewn oed yno—tua deg a thrigain.

'Say something in Welsh,' meddai Spencer wrthyf.

'Noswaith dda,' meddwn i. 'Sut ydach chi?'

Goleuodd llygaid yr hynafgwr, a safodd yn syth.

'Cymraeg,' meddai. 'Cymraeg, o'r diwedd! Fy machgen annwyl, dewch i mewn.'

Yna, trodd lygad ofnus ar Spencer a Crane. Dywedodd Spencer wrtho am beidio ag ofni, nad aelodau o'r heddlu cudd oeddynt hwy. Eglurodd i'r hen frawd sut y deuthum i yno, a gofyn a allai roi lletty imi am noson neu ddwy. Dywedodd yr hen frawd y gwnâi hynny â chroeso, a thynnodd fi i'r tŷ. Dywedodd y ddau wyddonydd nos da, ac i ffwrdd â hwy drwy'r glaw.

'Richards yw fy enw,' meddai'r hynafgwr, 'Yr Athro Richards, a rhoi fy nheitl llawn...'

'Athro?'

'Ie, ie. Yr oeddwn yn athro yn y Clasuron ym Mhrifysgol Durham cyn ymneilltuo. Ac fel pob athro iaith yr oedd gennyf ddiddordeb mawr mewn ieithoedd. A dyna pam y dysgais Gymraeg yn fy hen ddyddiau ... Ond dewch. Dewch i'r gegin, imi gael siarad â chwi tra fyddaf yn coginio.'

Euthum gydag ef i gegin fach hynod lân.

---

gwylltach: *wilder*

nag a welswn: *that I'd seen,* (gweld)

Gwelwn: *I (could) see,* (gweld)

i'r aswy: i'r chwith

ymgais: *attempt*

sefais yn stond: *I stood absolutely still,* (sefyll)

heddlu cudd: *secret police*

Eglurodd: *He explained,* (egluro)

sut y deuthum: *how I came,* (dod)

y gwnâi: *that he would do,* (gwneud)

Clasuron: *Classics*

ymneilltuo: h.y. ymddeol

hynod lân: *remarkably clean*

'Yn awr, beth yw'ch enw chi, fy machgen i?' meddai, (wrth wneud coffi).

'Ifan Powel. Ifan i chi.'

'Felly. Ac yr ydych o ganol yr ugeinfed ganrif, yr oes ffodus pan oedd y Gymraeg yn fyw . . . O ble yng Nghymru?'

'O Arfon.'

'Yn wir! Yn Arfon y ganwyd finnau. Ac yr oeddwn yn medru Cymraeg yn fy mhlentyndod. Ond fe symudodd fy nheulu i Loegr ym 1962, pan oeddwn yn naw mlwydd oed. Dim gwaith yn Arfon i'm tad. Ac mi gollais yr iaith. Yn llwyr. Ond yn fy mlynyddoedd olaf yn Durham, mi feddyliais y carwn ei dysgu eto. A deuthum i Gaerdydd i fyw wedi ymneilltuo, gan feddwl y cawn afael ar rywun i siarad Cymraeg eto. Ond nid oes yma neb sy'n medru. Neb!'

'Rydach chi'n siarad Cymraeg yn dda iawn, os ca i ddweud.'

'O, mi gefais afael ar hen recordiau yn rhoi gwersi mewn Cymraeg. Ac yr wyf yn darllen Cymraeg bob dydd. Wrth gwrs, ychydig o lyfrau Cymraeg sydd ar gael erbyn hyn. Mae meicroffilm o'r llyfrau pwysicaf yn Gymraeg i'w cael yn y llyfrgelloedd yn Rhydychen a Llundain—mae'r hen Lyfrgell Genedlaethol yn Aberystwyth wedi'i throi'n westy ers blynyddoedd, wrth gwrs.'

'Ac rydach chi'n dweud, Athro, nad oes neb sy'n fyw ond chi yn medru Cymraeg?'

'Neb hyd y gwn i. Ond mae'n anodd gennyf gredu nad oes ambell hen ŵr a hen wraig yn rhywle yn cofio rhywfaint o'r iaith. Mi garwn fynd rywbryd ar daith drwy Gymru i holi. Ond mae teithio mor anodd yng Nghymru i hen greadur fel fi. Heb gwmni.'

'Mi ddo i hefo chi os mynnwch chi.'

'Beth? Ar daith drwy Gymru?'

'Dof wir. Yfory.'

'Yfory? Wel, wel, nid oeddwn wedi meddwl . . . Ond . . . wel,

---

plentyndod: *childhood*
Yn llwyr: *Totally*
y cawn afael ar: *that I'd get hold of,* (cael gafael ar)
os ca i ddweud: *if I may say,* (cael dweud)

hyd y gwn i: *as far as I know,* (gwybod)
creadur: *creature*
Mi ddo i: *I'll come,* (dod)

122

mae'n syniad da. Yn wir, mae'n syniad ardderchog. O'r gorau. Yfory amdani.'

Cariodd (yr Athro) y bwyd a'r coffi drwodd i'r stafell fyw. Tra fûm yn bwyta, holodd fi am y bywyd Cymreig yn fy oes fy hun, am lyfrau Cymraeg, am raglenni radio Cymraeg, am wasanaethau crefyddol Cymraeg, am dafodieithoedd Cymraeg . . . Yr oedd y cyfan yn rhyfeddod iddo.

Ar ôl swper dywedais wrtho am y pum niwrnod a dreuliais gyda theulu Llywarch yng Nghymru Rydd, yn yr un flwyddyn ag yr oeddwn ynddi'n awr. Gofynnais iddo beth oedd wedi digwydd i'r Gymru honno.

Siglodd ei ben yn garedig.

'Breuddwydio y buoch chi, fy machgen i.'

'Rydw i'n gobeithio mai breuddwydio'r ydw i rŵan, Athro,' meddwn i.

'A yw popeth yn edrych fel breuddwyd? Onid wyf fi, a'm dodrefn, a'm tŷ, yn real?'

Oeddynt, yn wir. Ond wedyn, roedd Doctor Llywarch a'i ddodrefn a'i dŷ yn real hefyd, yr un mor real.

'Rydw i'n siŵr, Athro,' meddwn i wedyn, 'fod Doctor Llywarch ar gael yn rhywle yng Nghymru heddiw. Ac rydw i'n siŵr fod . . . Mair.'

'Mair?'

'Ei ferch o. Roeddwn i mewn cariad â hi.'

'O, fy machgen annwyl i, dyna drist ydyw arnoch. Ai dyna paham yr ydych am deithio? I chwilio am . . . Mair?'

'Ie.'

'O'r gorau,' meddai. 'Fe chwiliwn am Mair.'

Ond fe'i dwedodd heb argyhoeddiad. Yr oedd yn eglur nad oedd yn credu y gwelwn i byth mo Mair. Ond mi ddangoswn i iddo. Yr oeddwn i'n siŵr y down i o hyd iddi. Yn gwbwl siŵr.

---

| | |
|---|---|
| tafodieithoedd: *dialects* | y gwelwn i byth: *that I'd ever see,* |
| yn rhyfeddod: *(full of) wonder* | (gweld) |
| argyhoeddiad: *conviction* | y down i o hyd iddi: *that I'd find her,* |
| yn eglur: yn glir | (dod o hyd i) |

# PENNOD 32

Bore trannoeth, wedi eillio ag ellyn yr Athro Richards, a bwyta brecwast, cychwynnodd ef a minnau i ddal y bws atomig ar gornel y stryd. O'n cwmpas yn y bws eisteddai teithwyr ag wynebau diddiddordeb. Clywais un ohonynt yn ffraeo â'r tocynnwr ac yn bygwth ei daro.

'Peidiwch â chymryd sylw, Ifan,' meddai'r Athro'n isel, 'rhag i un ohonynt droi arnoch chwi. Mae rhyw derfysg fel hwn ar y cerbydau cyhoeddus bob dydd.'

Disgynnodd yr Athro a minnau yn ymyl gorsaf fwsiau fawr. Aethom i mewn. Safodd yr Athro wrth ffenest fechan yn y mur a gofyn am ddau docyn bws i Fangor. Edrychodd y swyddog arnom yn amheus. Ni welais swyddog erioed yn syllu'n fwy amheus.

'What route?' meddai.

Awgrymodd yr Athro y carem fynd drwy Gastell-nedd a Chaerfyrddin a Llanbedr.

'Can't go that way. It's forbidden. It's Forestry Land. You must either follow the coast by road express, or take a helicopter from Neath.'

Dewisodd yr Athro'r helicopter.

'Identity Card, please?'

Estynnodd yr Athro'i gerdyn adnabod i'r swyddog.

'And yours?'

Eglurodd yr Athro iddo nad oedd gennyf un, fy mod wedi dod o'r gorffennol. Torrodd y swyddog ar ei draws a dweud wrtho am beidio â thrio gêm felly arno ef. Cofiais yn y fan am Spencer o'r Brifysgol. Wedi i'r Athro grefu'n hir, addawodd y swyddog siarad drwy'r gweleffon â Spencer. Dywedodd wrthym am fynd i'r stafell ddisgwyl.

---

eillio: *to shave*
ellyn: *shaver*
diddiddordeb: *uninterested*
bygwth: *to threaten*
terfysg: *disturbance*
yn amheus: *suspiciously*
syllu: *to stare*

y carem: *that we'd like,* (caru)
Eglurodd: *(He) explained,* (egluro)
Torrodd . . . ar ei draws: . . . *interrupted him,* (torri ar draws)
crefu: *to beg*
addawodd: *promised,* (addo)
stafell ddisgwyl: stafell aros

Buom yn y stafell ddisgwyl am dair awr. O'r diwedd yr oedd (y swyddog) wedi cael gair â Spencer ac wedi'i sicrhau bod fy stori'n wir. Ond cyn y gallai roi tocyn imi yr oedd yn rhaid imi fynd i'r Swyddfa Gofrestru yn y ddinas i gael cerdyn adnabod dros-dro.

Yr oedd yn dri o'r gloch y pnawn pan gyrhaeddodd yr Athro Richards a minnau'n ôl i'r orsaf, ac am hanner awr wedi tri safodd yr Athro a minnau mewn rheng â thocynnau yn ein dwylo, i ddisgwyl am fws i Gastell-nedd.

Methasom â chael lle ar y bws cyntaf, a bu'n rhaid inni ddisgwyl am awr arall. Yr oedd y ffordd yn dda a'r bws yn gysurus, ond naw wfft i'r golygfeydd o'n cwmpas. Yr oedd y Gaerdydd hon wedi tyfu'n anferth; yr oedd filltiroedd yn hwy i bob cyfeiriad. Dywedodd yr Athro fod pobol wedi bod yn llifo iddi o'r wlad er pan gymerodd y corfforaethau a'r comisiynau ddarnau mawr o'r wlad i hyn ac arall.

Gofynnais onid oedd y Llywodraeth Gymreig yn rhwystro'r fath dyrru i'r ddinas?

'Yn Llundain y mae'r Llywodraeth,' meddai'n isel, yn Gymraeg. "Lloegr Orllewinol" yw Cymru i gyd erbyn hyn. Fe ddilewyd yr enw "Cymru" yn niwedd y ganrif ddiwethaf. Yr oedd yn enw gwleidyddol beryglus. Peidiwch â holi dim mwy ar hyn o bryd. Mae arnaf ofn fod un neu ddau yn y bws yn gwrando.'

Eisteddodd ef a minnau'n fud weddill y daith i Gastell-nedd. Ni welais ond ychydig o wlad agored. Yr oeddem mewn belt diwydiannol hollol.

Aethom i lawr o'r bws yng Nghastell-nedd. Tref anferth, a gweithwyr yn llifo o'u gwaith o bob cyfeiriad. Yr oedd olwg sur ar y mwyafrif, golwg wedi llwyr alaru. Ar lwyfan bychan coch yn ymyl parc y bwsiau yr oedd dyn yn annerch neu'n pregethu, a thwr o ferched o'i flaen â llyfrau canu yn eu dwylo.

---

Swyddfa Gofrestru: *registration office*
dros dro: *temporary*
Methasom: *We failed,* (methu)
naw wfft i'r golygfeydd: h.y. *Don't mention the views! Awful!*
yn hwy: yn hirach
corfforaethau: *corporations*
i hyn ac arall: *for this and that*
y fath dyrru: *such flocking*

Fe ddilewyd: *The . . . was done away with,* (dileu)
gwleidyddol beryglus: *politically dangerous*
yn fud: dweud dim
gweddill: *remainder*
golwg sur: *bitter look*
wedi llwyr alaru: *totally fed-up*
twr: *crowd*

'Protestaniaid,' meddai Richards.

'Fel y gallwn ddisgwyl. Gwlad Brotestannaidd yw Cymru, ynte?'

'Nage'n wir. Gwlad Babyddol. Fe fu'r capeli Cymraeg farw gyda'r iaith yn y ganrif ddiwethaf, ac fe fu farw'r capeli Saesneg hefyd. Ac fe ddaeth Pabyddiaeth i mewn gyda'r lluoedd Saeson. Mae yma Brotestaniaid o hyd, wrth gwrs, ond ychydig sy'n gwrando arnynt, fel y gwelwch.'

A ninnau'n croesi'r stryd, rhuthrodd cerbyd heibio inni, a cherbyd arall ar ei ôl, yn saethu rhywbeth o ddryll yn ei fonet at y car cyntaf.

'Yr arswyd fawr!' meddwn i. 'Beth oedd y rheina?'

'Y *platoons*,' meddai Richards.

'Beth yw'r rheini?'

'*Gangs* y byddai'ch oes chwi yn eu galw. Criwiau o ddyhirod sy mewn rhyfel parhaus â'i gilydd.'

'Ond doedd pethau fel hyn ddim yn digwydd yma yn f'amser i,' meddwn i.

'Dyna effaith y gor-boblogi enbyd yn yr ardaloedd hyn, gor-boblogi a gor-ddiwydiannu sy wedi mynd ymlaen ers dwy ganrif. Mae'r Cymry yma i gyd wedi colli'u cefndir—wedi peidio â bod yn Gymry a heb lwyddo i fod yn Saeson. A thon ar ôl ton o Saeson a chenhedloedd eraill wedi llifo i mewn atynt. Ac ar ben hynny i gyd, gwaith erchyll anniddorol wrth y peiriannau bob dydd, a hanner y gweithwyr heb waith hanner eu hamser. Ac mae llawer yn eu syrffed yn torri'n rhydd oddi wrth y cyfan ac yn ymuno â'r *platoons*. Dyna'r unig antur sy mewn bywyd bellach i'r miloedd hyn.'

'Ofnadwy,' meddwn i. 'Ond all yr heddlu ddim rhwystro'r gangiau 'ma?'

Cododd Richards ei sgwyddau.

'Mae'r heddlu'n gwbwl ddinerth. Weithiau, mae Llywodraeth

---

lluoedd Saeson: *crowds of English people*
Yr arswyd fawr!: *Goodness gracious!*
dyhirod: *scoundrels*
parhaus: *continuous*
gor-boblogi: *to over-populate*
enbyd: *ofnadwy*
gor-ddiwydiannu: *over-industrialise*

ton ar ôl ton: *wave after wave*
cenhedloedd: *nations*
erchyll: *ofnadwy*
yn eu syrffed: *in their misery*
antur: *adventure*
all y . . . ddim: *the . . . can't,* (gallu)
dinerth: *powerless*

Llundain yn gyrru'r milwyr i mewn. Ond dyw hynny ond yn gyrru'r dyhirod dan ddaear dros dro. Bobol annwyl, fe fydd yr helicopter yn cychwyn ymhen ychydig funudau. Dewch.'

Neidiais ar ôl yr Athro i fws a oedd ar gychwyn. Safodd (hwnnw) cyn hir wrth borth maes enfawr yr oedd awyrennau'n sefyll arno. Daeth dau swyddog i mewn a gofyn i bob un ohonom am ein cardiau adnabod. Rhythodd un o'r swyddogion ar fy ngherdyn i a'i ddangos i'r llall. Gofynnodd imi,

'Why are you going to Bangor?'

Troais at yr Athro, ac eglurodd yntau i'r swyddog ein bod yn mynd am drip o gwmpas *Western England*.

'I know that,' meddai'r swyddog. 'I asked you why. The holiday period hasn't started yet. Have you got your political certificate?'

Tynnodd yr Athro ddarn o bapur o'i waled, a'i estyn.

'This seems all right,' meddai. 'Very well. You can enter the plane on one condition. That you report at the Security Bureau when you get to Bangor. That clear?'

'Perfectly,' meddai'r Athro, ag ochenaid fechan.

Ar ben yr ysgol a arweiniai i'r awyren, yr oedd swyddog arall eto. Mynnodd hwnnw hefyd weld ein cardiau adnabod. Wedi edrych ar f'un i, trodd ataf.

'You were passed at the entrance?' meddai.

'Yes.'

'All right. Get in.'

Eisteddodd Richards a minnau mewn sedd ddwbwl yng nghanol yr awyren. Toc, chwyrnodd y peiriannau, a chododd yr awyren i'r awyr.

'Nid yw hon yn mynd ddim pellach nag Aberystwyth,' meddai'r Athro. 'Rhaid inni gymryd helicopter arall oddi yno, neu fws ar hyd yr arfordir. Efallai mai aros yn Aberystwyth fydd orau heno. Yr wyf wedi blino braidd.'

Gwelais toc ein bod wedi gadael y rhanbarth diwydiannol ar ôl, ac yn hwylio tuag at wlad agored. Yr oedd yn wlad goediog

---

Bobol annwyl!: *Goodness me!*  
porth: gât  
Rhythodd: *Stared,* (rhythu)  
eglurodd: *explained,* (egluro)  
ochenaid: *sigh*  
a arweiniai: *which led,* (arwain)  

Mynnodd hwnnw: *That (person)*  
   *insisted,* (mynnu)  
toc: cyn bo hir  
chwyrnodd: *whirled,* (chwyrnu)  
rhanbarth: *section*  
hwylio: h.y. mynd

iawn. Gan ein bod yn hedfan yn bur isel, gallwn weld mai pinwydd neu ffynidwydd oedd y coed.

'Ie,' meddai'r Athro. 'Yn y fan hon mae'r goedwig yn cychwyn, ac mae'n para nes down ymron i Aberystwyth.'

'Y goedwig?'

'Ie, siŵr. Tir y Goedwigaeth. Mae agos i ddwy filiwn o aceri o Gymru dan goed—agos i hanner arwynebedd y wlad.'

'Beth am y gweddill?'

'Gweddill Cymru? O, meysydd awyr a gwersylloedd milwrol, cronfeydd dŵr, parciau cenedlaethol, a sonau amaethyddol— rhannau isaf dyffrynnoedd Tywi, Teifi, Dyfi, Conwy a Chlwyd yn fwyaf arbennig. Ffermydd mawr y Wladwriaeth sydd yn y dyffrynnoedd hynny. Mae'r ffermydd unigol wedi diflannu i gyd.'

'Ydach chi'n meddwl dweud,' meddwn i wrth yr Athro, 'nad oes neb yn byw yn y goedwig anferth yma?'

'O, oes. Mae'r coedwigwyr yn byw ynddi, a'u teuluoedd. Mae rhai o'r hen bentrefi ar eu traed o hyd, er bod y rhan fwyaf wedi mynd â'u pen iddyn (nhw). Dacw ichwi un fan acw.'

Edrychais drwy'r ffenest i'r cyfeiriad yr oedd ei fys yn pwyntio.

'Dyna lle'r oedd Llanwrda flynyddoedd yn ôl. Does dim yn aros o'r pentre erbyn hyn ond adfeilion yng nghanol y coed. Ond os edrychwch lle'r wy'n pwyntio'n awr fe welwch nifer o doau gloywon . . .'

'Gwelaf, fe'u gwelaf i nhw . . .'

'Toau alwminiwm y *settlement* yw'r rheina. Mae tua chant o weithwyr y Goedwigaeth yn byw yna gyda'u teuluoedd. Ac mae yno siop neu ddwy, a neuadd ddawnsio a gamblo. Ac mae'r offeiriad yn dod i'r neuadd bob Sul i gynnal offeren.'

Yr oeddwn yn teimlo'n ddigon sâl, ond nid oherwydd yr

---

| | |
|---|---|
| yn bur isel: *yn eithaf isel* | sonau: *zones* |
| pinwydd: *pine trees* | y Wladwriaeth: *the State* |
| ffynidwydd: *fir trees* | diflannu: *to disappear* |
| down: *we'll come,* (dod) | anferth: *mawr iawn* |
| ymron: *almost* | wedi . . . iddyn (nhw): wedi cwympo |
| aceri: *acres* | cyfeiriad: *direction* |
| arwynebedd: *surface area* | adfeilion: *ruins* |
| gweddill: *remainder* | toau gloywon: *shiny rooftops* |
| cronfeydd dŵr: *reservoirs* | offeren: *mass* |

awyren. Shir Gâr oedd danaf, sir emynwyr Cymraeg Cymru. Ac nid oedd erbyn hyn yn ddim ond coedwig anferth, ac ambell dwr o siediau alwminiwm lle'r oedd nifer o wŷr digenedl yn dawnsio ac yn gamblo ac yn pydru. Ni fyddai waeth imi fod yn hedfan dros un o fforestydd Brasil.

Ni fuom yn hir cyn dod i olwg Tregaron.

'Ond ni fyddech yn nabod Tregaron chwaith, mae'n debyg. Nid Tregaron yw ei henw erbyn hyn. ''Old Woodville'' yw ei henw heddiw a ''New Woodville'' *ydyw* Ystrad Fflur. Wrth gwrs, nid oes dim o Ystrad Fflur yn aros. Fe ddywedodd yr Athro Hanes yng Ngholeg Caerdydd wrthyf fod canol neuadd ddawnsio New Woodville yn union ar fedd Dafydd ap Gwilym. Yr oedd hi'n jôc fawr ganddo.'

Yr oedd yn dda gennyf weld y goedwig yn teneuo, a Bae Ceredigion yn dod i'r golwg, ac Aberystwyth draw ar fin y glasfor. Gallwn ei hadnabod hi, o leiaf. Gwyrodd yr helicopter i lawr ac i lawr, a thoc safodd ar faes glanio uwchlaw'r dref. Agorodd drws yr awyren, ac aethom allan bob yn un ac un.

'Fe awn i chwilio am le i aros dros y nos, Ifan,' sibrydodd (yr Athro) yn Gymraeg. 'Ac os cawn ystafell go breifat, fe allwn siarad.'

---

Shir Gâr: Sir Gaerfyrddin,
  *Carmarthenshire*
emynwyr: *hymn writers*
digenedl: *nationless*
pydru: *to rot*
Ni fyddai waeth imi fod: *I wouldn't*
  *be any worse off*

i olwg: *within view of*
Ystrad Fflur: *Strata Florida*
teneuo: *to thin out*
ar fin y glasfor: ar lan y môr
Gwyrodd: *tilted*, (gwyro)
sibrydodd: *whispered*, (sibrwd)

## PENNOD 33

Gwelais ddau beth yn Aberystwyth a'm gwnaeth yn edifar o waelod fy nghalon imi ddod yno y noson honno. Aeth yr Athro â mi i lawr tair neu bedair stryd na welswn erioed mohonynt yn f'amser i, a'r rheini'n ddim ond fflatiau dur-a-choncrid, tafarnau, tafarnau tatws, salŵnau, neuaddau dawns a ffeuau gamlo. Wrth inni basio un o'r salŵnau yfed, bu agos i griw o ddynion fynd ar ein traws. Yr oeddynt newydd ddod allan o'r salŵn ac yr oeddynt yn feddw. Trawodd un ohonynt het yr Athro oddi ar ei ben, a chwarddodd y lleill, a symud ymlaen.

'Gweithwyr y Goedwigaeth,' meddai, 'wedi dod i lawr o'r fforest i fwrw'r Sul, mae'n debyg. Maent yn byw yn y goedwig am wythnosau, ac yna'n mynd ar eu sbri. Does ryfedd eu bod yn ymddwyn fel hyn wedi'u gollwng yn rhydd.'

'Can we do anything for you, dearies?'

Llais merch oedd yn gofyn, a chododd yr Athro a minnau'n pennau i weld dwy ferch baentiedig yn sefyll yn nrws salŵn. Cododd yr Athro'i het iddynt.

'Not tonight, thank you. Some other time we should be very pleased.'

Giglodd y merched ar ein holau.

'Roedd yn rhaid dweud hynna, Ifan, (neu) fe fyddent wedi sgrechian dros y stryd ac fe fyddai dau neu dri o'u ffrindiau gwrywaidd wedi rhuthro allan a gwneud briwsion ohonom.'

Hyn yn Aberystwyth o bobman, meddwn wrthyf fy hun. Y dref y bûm mor hoff ohoni, y dref a fyddai gynt mor lân, mor loyw . . .

'Rydw i'n methu deall, Athro.'

'Deall beth?'

---

yn edifar: *sorry*
na welswn . . . mohonynt: *that I'd never seen,* (gweld)
tafarnau tatws: siopau sglodion
ffeuau gamblo: *gambling dens*
mynd ar ein traws: *to knock into us*
i fwrw'r Sul: *to spend the weekend*

mynd ar eu sbri: yn mynd i gael amser da
wedi'u . . . yn rhydd: *set free*
paentiedig: *painted*
briwsion: *crumbs,* h.y. *mincemeat*
a fyddai gynt: *which previously used to*
gloyw: *sparkling*

'Na fyddai Cyngor y Dref neu'r Cyngor Sir neu rywun flynyddoedd maith yn ôl wedi rhag-weld peth fel hyn ac wedi'i rwystro.'

'O, fe fu'r cynghorau lleol yn ymladd. Ond yn rhy hwyr. Fe ddylid fod wedi darllen arwyddion yr amserau ym 1950. Pan ymladdwyd y frwydr yn 1980 a 1990, yr oedd y Llywodraeth wedi cwblhau'i chynlluniau ac wedi cael y llaw uchaf. Ac yr oedd y Saeson a ddaethai yma'n ddigon niferus i fygu'r ychydig Gymry ar y cynghorau. Ond dewch, yr wyf am ichi weld yr Aberystwyth arall.'

Gobeithio'r annwyl fod honno'n well, meddwn wrthyf fy hun. Aethom ar hyd Great Darkgate Street a throi tua'r môr. A dod allan ar y prom. Yr oedd yr olygfa'n arswydus.

Nid oedd y prom yn ddim ond un ffair bleser fawr. Dringai'r ffair i fyny ochor Constitution Hill, ac yr oedd pen y bryn hyfryd hwnnw wedi'i orchuddio ag adeiladau echrydus o bob llun. Nid oedd yr un o'r pethau (yn y ffair) yn gweithio ar y pryd, a gofynnais i'r Athro pam.

'O, nid yw'n "holiday period" wedi dechrau eto. Nid oes un gweithiwr yn y trefi yn cael gadael ei waith na'i swyddfa tan ganol Mehefin. Ac yna, mae'r corfforaethau yn trefnu gwyliau'r gweithwyr, ac yn eu gollwng bob yn filiwn am bythefnos o wyliau. Fe gyfrifir bod rhyw hanner miliwn yn dod i mewn ac yn mynd allan o Aberystwyth bob wythnos o Fehefin i Fedi. Mae cabanau a charafanau'r Cyngor Tref yn ymestyn ar hyd yr arfordir cyn belled â Llanrhystyd i'r Deau a'r Borth i'r Gogledd.'

Methais â'm hatal fy hun, a thorrais i grio.

'Ifan, beth sy'n bod?'

'Maddeuwch imi. Mae'r lle 'ma'n drech na fi, dyna i gyd. Roedd hi'n arfer bod yn dref mor hyfryd . . .'

---

| | |
|---|---|
| rhag-weld: *to foresee* | arswydus: *ofnadwy* |
| arwyddion: *signs* | wedi'i orchuddio: *covered* |
| cwblhau: *to complete* | echrydus: *ofnadwy* |
| cynlluniau: *plans* | o bob llun: o bob math |
| y llaw uchaf: *upper hand* | corfforaethau: *corporations* |
| a ddaethai: oedd wedi dod | gollwng: *to release* |
| niferus: *numerous* | Fe gyfrifir: h.y. *It's estimated,* (cyfrif) |
| mygu: *to choke* | Methais â'm hatal fy hun: *I failed to* |
| Gobeithio'r annwyl: h.y. Gobeithio'n | *restrain myself* |
| fawr | yn drech na: h.y. *too much* |

'O wel, na feindiwch. Fe awn i chwilio am hotel. Fe deimlwch yn well wedi cael ymolchi a thwtio ychydig.'

Aethom i'r (English Democrat Hotel), ac wedi hir ateb cwestiynau a dangos papurau ac arwyddo ffurflenni, rhoddwyd stafell ddwbwl inni ar y pedwerydd llawr. Dywedodd y ferch yno nad oedd y porthor ar gael ac nad oedd y lifft yn gweithio, a bu'n rhaid dringo wyth rhes o risiau. Erbyn cyrraedd y stafell, yr oedd yr Athro bron â disgyn.

Aeth o gwmpas y stafell, yn curo'r parwydydd â'i fysedd, yn chwilio y tu mewn i ddodrefn ac yn symud rhai ohonynt.

'Beth ar y ddaear ydach chi'n wneud, Athro?'

'Y peth cyntaf i'w wneud mewn gwesty yn Lloegr—Prydain —heddiw,' meddai, 'yw chwilio'n ofalus rhag ofn fod meicroffon wedi'i guddio yn eich stafell. Mae'r heddlu cudd mor amheus.'

'Pwy . . . pwy ydi'r heddlu cudd?' meddwn i, ag iasau'n mynd i lawr fy nghefn.

'*Private detectives,* yng ngwasanaeth y Llywodraeth. A'u gwaith yw cadw'u clustiau a'u llygaid ar agor am unrhyw fudiadau neu gynlluniau a all fod yn drafferthus i'r Llywodraeth. Dyna pam yr oeddwn am inni beidio â siarad Cymraeg yng nghlyw ein cyd-deithwyr. Nid oes ar y Llywodraeth ofn yr iaith Gymraeg, wrth gwrs—mae hi wedi marw ers blynyddoedd. Ond mae pob iaith ddieithr yn creu amheuaeth, ac nid oeddwn yn awyddus i gael dau neu dri o'r heddlu cudd yn ein "cysgodi" ar hyd y daith.'

'Na, na, mae hynny'n rhesymol.'

Goleuodd yr Athro'r trydan a thynnodd y llenni ar draws y ffenest. Disgynnodd i gadair, a thynnu'i bibell a'i faco o'i boced.

'Rwy'n dechra dygymod,' meddwn i, ' . . . er mor anodd ydi

---

na feindiwch: *don't worry*
twtio: tacluso
porthor: *porter*
bron â disgyn: bron â chwympo
parwydydd: waliau
Beth ar y ddaear?: *What on earth?*
heddlu cudd: *secret police*
amheus: *suspicious*
iasau: *shivers*

mudiadau: *movements*
cynlluniau: *plans*
a all fod: *which can be,* (gallu)
yn drafferthus: *troublesome*
yng nghlyw: *within earshot*
creu: *to create*
amheuaeth: *suspicion*
awyddus: *eager*
cysgodi: *to shadow*

hynny—â'r syniad fod yr iaith Gymraeg wedi marw a bod y Llywodraeth o hyd yn Llundain. Ond fedra i yn fy myw ddygymod â'r holl gardiau adnabod a'r tystysgrifau politicaidd a'r holl gwestiyna y bu'n rhaid inni'u hateb.'

'Wel,' meddai'r Athro, yn dal i lenwi'i bibell, 'mae Prydain —"Lloegr" y gelwir hi i gyd erbyn hyn—yn wlad go fawr i'w llywodraethu. At hynny, mae'i phoblogaeth hi wedi'i phentyrru yn y dinasoedd a'r beltiau diwydiannol. Mae'n anodd iddi gadw rheolaeth na chadw llygad ar bob grŵp a phob unigolyn. Yr unig ffordd y gall hi gadw rheolaeth yw rhoi cerdyn adnabod i bawb.

'Mae rheswm arall dros wneud hynny. Am fod y boblogaeth wedi'i phentyrru, a phob bywyd cymdeithasol iach wedi diflannu, a chymaint o anghydfod yn y gweithfeydd a chynifer allan o waith, mae yna anfodlonrwydd ymhlith y bobol, fel y gellwch feddwl . . .'

'Gallaf yn hawdd.'

'Mae'r anghydfod hwnnw'n torri allan mewn amryw ffyrdd. Y *platoons* yw un. Hefyd, mae yna bob math o weithgarwch tanddaearol—politicaidd a hanner politicaidd. Er mwyn ceisio cadw rhyw fath o reolaeth, mae'r Llywodraeth yn gorfodi pawb i gario cerdyn adnabod a thystysgrif boliticaidd.'

'Ga i weld eich tystysgrif politicaidd chi, Athro?'

Tynnodd yr Athro'i dystysgrif o'i waled a'i hestyn imi. Darllenais y papur glasliw.

> This is to certify that Professor Owen Rupert Richards of . . . is a member of the English Democrat Party . . .

'Dwy blaid fawr sydd,' meddai'r Athro. 'Yr *English Democrat* a'r *State Socialist*. Nid oes dim gwahaniaeth o bwys rhyngddynt; yn wir, bron na allech ddweud mai'r un blaid yw'r ddwy. Mae

---

fedra i yn fy myw: *I cannot for the life of me,* (medru)
dygymod: *to come to terms with*
At hynny: Yn ogystal
poblogaeth: *population*
pentyrru: dodi ar ben ei gilydd
rheolaeth: *control*
iach: *healthy*
diflannu: *to disappear*
anghydfod: *discord*

gweithfeydd: *works*
cynifer: *so many*
anfodlonrwydd: *discontent*
ymhlith: *amongst*
gweithgarwch: *activities*
tanddaearol: *underground*
yn gorfodi: *to force*
o bwys: *of importance*
bron na allech ddweud: h.y. *you could almost say,* (gallu)

etholiad cyffredinol bob pum mlynedd, ac un o'r ddwy blaid yn mynd allan a'r llall yn mynd i mewn yn gyson fel cloc.'

'Ond mae 'na bleidiau eraill?' meddwn i.

'O, oes. Mae rhai pleidiau bychain: y *Soviet Socialist*, y *Regionalists*, y *Protestant League* a'r *Catholic Action*. Ac un neu ddwy arall. Ond nid oes obaith i'r un o'r pleidiau bychain ennill sedd fel rheol; ni chaniateir iddynt ddefnyddio'r radio na'r teledu na'r newyddiaduron. Y gwir yw, wrth gwrs, fod hen gytundeb rhwng y ddwy blaid fawr i gadw pob plaid fach allan.'

'Ond pam yr ydach chi'n aelod o'r *English Democrats?*'

'Am nad oes gennyf argyhoeddiad gwleidyddol. Ac yr wyf fi, fel llaweroedd eraill, yn ymuno'n ffurfiol ag un o'r ddwy blaid fawr—dim gwahaniaeth p'un—er mwyn y breintiau. Mi allaf grwydro'r wlad yn weddol rydd ac aros yng ngwestyau fy mhlaid. Petai gennyf dystysgrif wleidyddol *Minority Party* fe fyddai'n rhaid imi gael permit arbennig cyn symud o Gaerdydd.'

Siglais fy mhen yn araf.

'Roeddwn i'n meddwl,' meddwn i, 'fod Cymru, o leiaf, yn ddiogel rhag sefyllfa fel hon. Yn fy amser i, roedd y Gymraeg yn eitha byw o hyd, roedd y bywyd Cymreig yn brysur, ac roeddwn i'n mynnu credu nad âi'r genedl fach 'ma byth dan draed.'

'Wel, dan draed yr aeth hi. Fe'i sigwyd hi bob yn dipyn. Y gyfundrefn addysg, pan ddysgwyd pob pwnc drwy gyfrwng Saesneg; y papur dyddiol a'r papur Sul Saesneg, a'r sinema Saesneg a'r radio Saesneg. Yr ergyd nesaf oedd symud hanner miliwn o Gymry i Loegr rhwng 1920 a 1940. Ac yna, rhwng 1960 a 1990, fe ddaeth yr ergyd fawr olaf: symud dros filiwn o Saeson i mewn i Gymru—i Fôn, i Arfon, i Feirionnydd, i Geredigion. Ac ar ben hynny, cynllunio Cymru'n gefngwlad i dyfu coed a chronni dŵr ac yn wersylloedd rocedi—tri pheth a

---

ni chaniateir iddynt: *they are not allowed,* (caniatáu)
cytundeb: *agreement*
argyhoeddiad: *conviction*
llaweroedd eraill: *many others*
breintiau: *privileges*
yn weddol rydd: *relatively free*
sefyllfa: *situation*
mynnu: *to insist*

nad âi'r genedl: *that the nation wouldn't go,* (mynd)
dan draed: *under foot*
Fe'i sigwyd: h.y. *It was undermined,* (sigo)
cyfundrefn: *system*
cyfrwng: *means*
ergyd: *blow*
cronni dŵr: casglu dŵr

orfododd y Cymry oedd yn byw yng nghefn gwlad i symud oddi yno.'

'Ond,' meddwn i, 'pam na fyddai'r Cymry wedi gweld, wedi rhwystro hyn i gyd?'

Lledodd yr Athro ei ddwylo.

'Hen wendid y Cymry,' meddai. 'Ymrannu ac ymgecru a phetruso. A'u twyllo'u hunain fod yr hen air "Cymru am byth" yn wir. Fe gododd gobaith olaf y genedl ym 1925. Y mudiad cenedlaethol. Petai'r Cymry wedi sylweddoli hynny, ac wedi llifo i'r mudiad hwnnw mewn pryd, fe allent fod wedi'u hachub eu hunain. Ond dewis aros yn eu paradwys ffŵl a wnaethant. A thra fuont yn petruso ac yn dadlau, fe lifodd y Saeson i mewn, fe ymledodd y goedwig, fe foddodd y dyffrynnoedd. Ac fe ddeffrodd y Cymry diwethaf ar y ddaear yn rhy hwyr. Yr oedd eu tir a'u hiaith a'u cenedl wedi mynd.'

'Ond rydw i'n dal i fethu gweld,' meddwn i wedyn, 'pam na fyddai'r Cymry wedi bod yn gallach?'

'Pa mor gall fuoch chwi?' meddai'r Athro. 'Oeddech chwi y tu cefn i'r mudiad cenedlaethol?'

'Y fi ...? Wel ... nac oeddwn ...' meddwn i'n gloff. 'A dweud y gwir, roeddwn i yn ei erbyn o. Ond petawn i wedi gweld i ble roedd hynny'n arwain...'

'Yn hollol. Pe gwyddech chwi'r hyn a wyddoch yn awr, yntê? Wel, doeth wedi'r digwyddiad ydym i gyd. Ac am i'ch cenhedlaeth chwi fethu gwneud hynny, fe ddiflannodd Cymru oddi ar fap y byd. Trist. Yntê?'

Aethom i'r gwely'n fuan ar ôl hynny. Nid oedd arnaf awydd siarad. Yr oeddwn fel pe bawn yn sefyll yn niwedd y byd. Ac yr oedd yn ddiwedd—ar fy myd.

---

a orfododd y Cymry: *which forced the Welsh,* (gorfodi)
gwendid: *weakness*
ymrannu: *to divide*
ymgecru: *to quarrel*
petruso: *to hesitate*
twyllo'u hunain: *to deceive themselves*
mudiad: *movement*
fe allent fod wedi: *they could have,* (gallu)
paradwys: *paradise*
dadlau: *to argue*

fe ymledodd: ... *spread,* (ymledu)
methu gweld: *to fail to see*
yn gallach: *wiser*
yn gloff: *lamely*
Pe gwyddech chi'r hyn: *If you knew what,* (gwybod)
doeth: *wise*
cenhedlaeth: *generation*
awydd siarad: teimlo fel siarad
fel pe bawn: *as if I were*
yn niwedd y byd: *at the end of the world*

## PENNOD 34

'Fe gymerwn fws ar hyd yr arfordir i Fangor,' meddai'r (Athro bore trannoeth), 'yn hytrach na mynd mewn helicopter. Er mwyn ichwi gael gweld trefi glannau'r môr.'

Os oedd y rheini rywbeth yn debyg i'r hyn a welais eisoes, meddwn wrthyf fy hun, yr oedd yn well gennyf beidio â'u gweld.

Aeth y bws naw a'r bws deg yn llawn i'r ymylon, a ninnau'n dal i ddisgwyl. Pan gawson le ar y bws un ar ddeg yr oedd yn rhaid inni'n dau eistedd ar wahân, gan nad oedd sedd ddwbwl yn rhydd.

Ysbedodd y bws ar hyd ffordd ardderchog i gyfeiriad Machynlleth. Wel, meddwn wrthyf fy hun, mae'r ffyrdd yn dda dan y Llywodraeth hon, beth bynnag. Sylwais fod y pentrefi hyd fin y ffordd, o Bow Street i Dderwenlas, wedi'u (newid). Yr oedd gan bob un res loyw o fflatiau a chabanau coffi ac yna wal ddur hir ag arni'r poster hwnnw ac arno ferch noethlymun â'r geiriau: *Welcome to Western England.*

Pan drodd y bws ym Machynlleth—ni fuaswn wedi nabod y dref, ei chloc mawr wedi mynd a'r coed ar y stryd fawr wedi diflannu—gwelais yn fuan ein bod yn nesu at goedwig arall. Yr oedd bryniau Meirion i gyd dan goed. Rhwng y ffordd a'r goedwig rhedai ffens uchel, ac ar honno yma a thraw rybudd:

*Danger:*
*Electrìc Fence:*
*Any person found within this forest without an*
*official Government Permit is liable to a fine*
*of not less than one hundred pounds*
*or six months imprisonment or both.*

(Arafodd) y bws a stopio. Nid oedd neb yn deall pam. Toc, daeth y tocynnwr a dweud wrthym fod y bws wedi torri i lawr,

---

yr arfordir: *the coast*
bore trannoeth: bore wedyn
yn hytrach na: *rather than*
trefi . . . môr: *the seaside towns*
i'r ymylon: *to the top*
Ysbedodd y bws: *The bus sped*

gloyw: *shining*
noethlymun: *naked*
diflannu: *to disappear*
yma a thraw: *here and there*
rhybudd: *warning*

136

ac y gallem fynd allan. Yr oedd y gyrrwr yn siarad drwy'i set radio â'r orsaf fwsiau yn Aberystwyth ac yn gofyn iddynt anfon bws arall. Dywedodd y tocynnwr wrthym am beidio â mynd o olwg y bws.

Amneidiodd Richards arnaf, ac aethom ein dau allan. Wrth basio'r tocynnwr, sylwais fod ganddo wregys yn ei ganol a pheth tebyg i bistol ynddi.

'Oes, siŵr,' meddai Richards. 'Nid tocynnwr yw'r dyn, ond ei fod e'n rhannu tocynnau. *Busguard* yw'r enw swyddogol arno—math o blisman. Mae pob cerbyd cyhoeddus yn gorfod cario un am fod cymaint o derfysgwyr yn teithio arnynt.'

'Ydi hi ddim yn bosibl i rai o'r teithwyr hefyd gario gwn o'r fath?'

'Mae'n bosibl, ond mae'n drosedd a all garcharu dyn am oes.'

Nid oeddem wedi mynd ymhell pan ddaeth cerbyd i'n cyfarfod. Cerbyd tebyg i *jeep* yn fy nghyfnod i. Safodd gyferbyn â ni, a rhoes y gyrrwr ei ben allan.

'Good Lord!' meddai. 'Uncle Owen! What in blazes are you doing here?'

Rhythodd Richards ar y dyn ifanc.

'Philip!' meddai.

Ysgwyd dwylo mawr a mynegi syndod. Trodd Richards ataf a dweud yn Saesneg,

'Nai i'm gwraig, Philip Seeward. Mae'n gweithio yn y goedwig.'

Nid yn unig yn gweithio yn y goedwig, meddai'r dyn ifanc, ond yn Ddirprwy Brif Arolygydd Coedwig W3 (sef Meirionnydd). Gofynnodd inni ble roeddem yn mynd, ac eglurodd yr Athro ein bod ar daith drwy 'Orllewin Lloegr'.

'Edrychwch,' meddai'r nai yn Saesneg, 'beth am ddod gyda

---

o olwg: *out of sight*
Amneidiodd R.: *R. gesticulated,*
  (amneidio)
gwregys: *belt*
terfysgwyr: *terrorists*
trosedd: *offence*
a all garcharu: *which can imprison*
am oes: *for life*

rhoes: rhoiodd, (rhoi)
Rhythodd R.: *R. stared,* (rhythu)
mynegi syndod: *to express surprise*
Dirprwy: *Deputy*
Prif Arolygydd: *Chief Superintendent*
eglurodd yr Athro: *the Prof. explained,*
  (egluro)

mi? Mae genny amryw leoedd i alw ynddyn nhw ac fe fyddai hynny'n gystal cyfle ichwi weld y wlad â dim.'

'Ond yr oeddem wedi meddwl mynd i Fangor.'

'Fe'ch rhof ar y bws i Fangor mewn pryd ar gyfer gwely heno.'

'Ond . . . chaiff Ifan a minnau ddim dod i'r goedwig . . .'

'Tra fyddwch chi gyda mi fe fyddwch chi'n iawn. Oes gennych chi fagiau?'

Dywedodd yr Athro fod ein bagiau ar y bws.

'Neidiwch i mewn,' ebe'r nai, ac wedi inni eistedd yn y cerbyd gyrrodd ymlaen at y bws. Dangosodd ei bapurau i'r tocynnwr, a dweud ei fod yn cymryd ei ewythr a minnau gydag ef.

Gofynnodd i mi gyrchu'n bagiau o'r bws, a chyn pen ychydig funudau i ffwrdd â ni. (Wedi) ychydig trodd Seeward ei gerbyd at borth mawr. Yr oedd gwyliwr wrth y porth, a phan welodd ef Seeward, saliwtiodd, a gwasgu botwm ar wal ei gwt. Agorodd y porth, a symudodd y cerbyd i mewn i'r goedwig.

Eglurodd yr Athro i'w nai fy mod i o'r ugeinfed ganrif, a'n bod ein dau yn teithio'r wlad a elwid gynt yn Gymru i holi a oedd rhywun yn fyw a oedd yn medru rhywfaint o Gymraeg. Edrychodd Seeward arnaf â diddordeb, a holodd fi am y 'gorffennol'. Na, ni wyddai ef am neb a fedrai Gymraeg.

Eglurodd yr Athro nad oedd yn amhosibl fod rhyw hen ŵr neu hen wraig yn fyw o hyd a oedd yn cofio siarad Cymraeg yn ei blentyndod. Siglodd Seeward ei ben. Yr oedd holl drigolion gwreiddiol y rhan hon o'r wlad wedi'u symud i'r trefi ers blynyddoedd lawer, meddai ef, ac yr oedd yn bur annhebyg fod neb ohonynt yn aros.

Caeodd y goedwig amdanom, yn dew ac yn dywyll, ac ymlaen ac ymlaen yr aethom.

'Mae'r coed 'ma'n agos iawn at ei gilydd,' meddwn i yn Saesneg. 'Oes dim perygl oddi wrth dân?'

---

amryw: nifer

â dim: h.y. *as anything*

Fe'ch rhof: *I'll put you,* (rhoi)

cyrchu: mynd i nôl

porth: gât

cwt: *shed*

gwyliwr: *guard*

a elwid gynt: *which used to be called,* (galw)

yn medru: yn gallu (siarad) Cymraeg

trigolion: *residents*

yn bur annhebyg: *most unlikely*

'Mae dulliau ymladd tân wedi'u perffeithio,' meddai Seeward.

'Mae pethau eraill sy'n fwy o broblem ichi heddiw na thân, mae'n debyg?' ebe'r Athro.

'Oes. Gormod o radio-egni yn yr awyr yn crino'r coed ifanc. Dyna un peth. Y peth arall yw streiciau'r gweithwyr.'

'Oes 'na lawer o hynny?'

'O hyd ac o hyd.'

'Eisiau mwy o gyflog?'

'Dyna un gŵyn gyson. Eisiau gwell bwyd. Mwy o ddiod. Mwy o wyliau. Unrhyw esgus i godi cynnwrf. Camgymeriad oedd coedwigo darn mor anferth o wlad. Mae dynion yn mynd yn wylltion yma, ac nid yw ambell ben-wythnos o sbri yn Aberystwyth neu'r Bermo neu'r Bala'n ddigon i'w cadw'n ddiddig.'

Yr oedd yn dda gennyf fod rhywun heblaw fi fy hun yn gweld gwrthuni'r coedwigoedd.

Dirwynodd y ffordd hir drwy'r goedwig dywyll nes inni ddod rownd tro i olwg lle a edrychai'n debyg i hen bentref.

'Ble mae hwn, Philip?' gofynnodd yr Athro.

'Abergynolwyn oedd yr enw arno gynt, mae'n debyg. *Ruin 17* yw'r enw arno heddiw. Mae'r hen enwau'n amhosibl eu hynganu.'

'Fyddai gwahaniaeth gennych chi stopio am funud?' meddwn i.

'Dim o gwbwl,' ebe Seeward, a thynnodd y cerbyd i ddarn glas di-goed yng nghanol yr adfeilion. Edrychais o'm cwmpas â'm calon yn fy ngwddw. Yr oedd y tai i gyd wedi mynd â'u pen iddyn nhw, a hynny ers blynyddoedd. Euthum draw ar hyd y ffordd laswellt a gwelais adfail mwy na'r gweddill—capel, tybed? meddwn i. Yr oedd ei dalcen yn codi o hyd yn bigyn tua'r

---

wedi'u perffeithio: *have been perfected*
crino: *to wither*
cŵyn: *complaint*
cyson: *constant*
codi cynnwrf: *to cause a commotion*
anferth: mawr iawn
yn ddiddig: yn hapus
gwrthuni: *odiousness*

Dirwynodd y ffordd: *The road meandered,* (dirwyno)
gynt: yn yr hen amser
ynganu: *to pronounce*
adfeilion: *ruins*
wedi mynd a'u pen iddyn nhw: h.y. wedi cwympo
adfail: *ruin*
yn bigyn: *into a point*

139

nefoedd, fel petai'n gofyn maddeuant ganddi i'r gwylliaid a yrrodd ei addolwyr i ffwrdd. Gwibiodd lwynog drwy un o ddrysau'r capel, a chododd tylluan oddi ar y pulpud. Troiais, a cherdded oddi yno am fy mywyd.

Yr un oedd hanes Tal-y-llyn (*Ruin 16*), Bryncrug (*Ruin 15*), Llanegryn (*Ruin 14*). Clystyrau o furddunod oeddynt i gyd, a phob un yn ddistawach na mynwent. Y mae bywyd, o leiaf, y tu allan i wal mynwent. Aethom drachefn i grombil y fforest, a daethom allan ohoni'n sydyn wrth dwr arall o adfeilion. Yno yr oedd wal fawr goncrid â geiriau mawr uwchben y porth— *Department Territory: Entrance Forbidden.* Wrth y porth safai dau filwr, a chododd y ddau eu gynnau pan welsant ni.

'Peidiwch ag edrych ar y diawliaid rhag ofn iddyn nhw saethu,' ebe Seeward, a gyrrodd o'r golwg fel awel. 'Maen nhw'n meddwl mai hwy biau'r wlad.'

'Beth sy'n digwydd y tu ôl i'r wal fawr yna, tybed?' ebe'r Athro.

'Wal y Swyddfa Ryfel?' ebe Seeward. 'Y nefoedd a ŵyr. Maen nhw mor gyfrinachol, fe allech feddwl eu bod yn cynllunio chwythu'r blaned 'ma'n ysgyrion. Pwy felltith sydd eisiau mynd i mewn i'w gwersylloedd?'

Wedi inni fynd rai milltiroedd heb weld un creadur byw, dim ond coed, coed, a choed, daethom allan yn ymyl adfeilion pentref arall. Yr oedd yr Athro erbyn hyn wedi cael map ei nai i'w ddwylo ac yn ei ddilyn.

'Dyma *Ruin 24,*' ebe Seeward.

'Yn ôl y map,' ebe'r Athro, 'Llanuwchllyn.'

Edrychais arno. Pentref diwylliant a chewri Cymru. Caeais fy llygaid yn dynn rhag ei weld. Pan agorais hwy eto, yr oeddem yn gyrru gydag ymyl wal arall, wal gwersyll. A'r ochor arall inni— diolchais am weld rhywbeth y gallwn ei nabod—yr oedd Llyn Tegid.

---

maddeuant: *forgiveness*
gwylliaid: *bandits*
addolwyr: *worshippers*
Gwibiodd llwynog: *A fox darted,*
  (gwibio)
Clystyrau: *clusters*
murddunod: *ruins*
crombil: *depths*

adfeilion: *ruins*
Y nefoedd a ŵyr: h.y. *Heaven only*
  *knows,* (gwybod)
cyfrinachol: *secret*
yn ysgyrion: *in bits*
Pwy felltith . . .?: h.y. *Who the hell. . . ?*
cewri: *giants*
Llyn Tegid: Llyn y Bala

140

Cyn pen dim yr oeddem yn y Bala. O leiaf, yr oeddwn yn casglu mai hwn oedd y Bala flynyddoedd yn ôl. Y peth cyntaf a'm trawodd oedd eglwys fodern yn codi o'r coed—Eglwys Fatima, meddai Seeward. O gwmpas y llyn yr oedd ffair bleser anferth. Nid oedd stryd fawr y Bala ond dwy res o gabanau pleser—*Amusements* oedd y gair holl-bresennol.

'Tref wyliau,' meddai Seeward yn ddihiwmor. 'Rwyf am droi yma. Mae gennym swyddfa fan hyn.'

Dychrynais pan welais y swyddfa. Nid oedd y 'swyddfa' ddim amgen na Chapel Tegid gynt. Gofynnais, gan geisio llyncu 'nghynddaredd, beth a ddaethai o gofgolofn Thomas Charles.

'Colofn pwy?' ebe Seeward.

Eglurodd yr Athro iddo fod colofn i un o'r arwyr cysegredicaf yng Nghymru yn arfer sefyll o flaen y capel.

'O, rwy'n cofio'n awr,' ebe Seeward. 'Fe'i symudwyd hi flynyddoedd yn ôl am ei bod hi'n rhwystr ar y maes parcio o flaen y swyddfa. Doedd neb yn gwybod dim am y dyn. Fyddaf i ddim yn hir.'

Am yr ail dro er y diwrnod cynt, torrais i feichio crio. Yr oeddwn yn wylo, nid o gynddaredd at y fandaliaid a wnaeth hyn oll ond o gynddaredd at fy nghenhedlaeth fy hun a adawodd i'r moch ddod i mewn a'u malu. Yr oeddwn yn sicir na faddeuai'r nefoedd byth i'r Cymry, nac i minnau, am werthu'n hetifeddiaeth mor rhad. Wedi imi dawelu tipyn, trodd yr Athro ataf a dweud, yn Gymraeg,

'Mae'n ddrwg gennyf imi ddod â chwi ar y daith hon, Ifan. Ni wyddwn fod Cymru fel yr oedd yn golygu cymaint ichwi.' A

---

Cyn pen dim: Mewn dim amser
casglu: *to conclude*
holl-bresennol: *ever-present*
Dychrynais: *I got terribly frightened*, (dychryn)
ddim amgen na: *nothing but*
cynddaredd: *rage*
beth a ddaethai: beth ddigwyddodd, (dod)
Thomas Charles: (1755-1814) un o arweinwyr pwysicaf y Methodistiaid
arwyr: *heroes*

cysegredicaf: *most sacred*
Fe'i symudwyd hi: *It was moved*, (symud)
rhwystr: *obstruction*
beichio crio: crio'n ofnadwy
cenhedlaeth: *generation*
malu: *to smash*
na faddeuai'r nefoedd: *that heaven would not forgive*, (maddau)
etifeddiaeth: *heritage*
Ni wyddwn: *I didn't know*, (gwybod)
golygu: *to mean*

chwanegodd dan ei wynt, 'Neu fe fyddech wedi ymladd i'w chadw.'

Troi'r gyllell yn y briw.

Gyda hynny, daeth Seeward yn ôl.

'Wel, dyna fi wedi gorffen fy musnes am heddiw,' ebe Seeward, gan eistedd yn ei sedd wrth y llyw. 'O ... tra wy'n cofio. Mi ddigwyddais holi yn y swyddfa a oedd rhywun yn y cyffiniau a oedd yn debyg o fedru Cymraeg. Fe edrychodd pawb yn hurt arnaf am funud, ac yna fe ddwedodd un o'r dynion fod hen wraig yn y stryd yma sy wedi colli'i phwyll fwy neu lai, ac yn ffwndro weithiau mewn iaith ddiarth. Garech chi'i gweld hi?'

Edrychodd yr Athro'n betrus arnaf fi, ac yna nodiodd ar Seeward. Gyrrodd Seeward y cerbyd ymlaen beth, a safodd wrth dafarn datws, ac aeth i mewn. Daeth allan ymhen munud neu ddau ac amneidio arnom. Aethom drwy'r dafarn datws i stafell fach dywyll yn y cefn. Yno, yn y gornel, yr oedd hen wraig yn eistedd, â'i phen yn gwyro'n ôl, yn hepian. Safai gwraig tua deugain oed yn ei hymyl, a golwg digon budur a diamynedd arni.

'I don't know,' meddai. 'We've always lived 'ere, but I never 'eard any of your Welsh. My mother-in-law 'ere gabbles something sometimes my 'usband and me can't understand. You can try 'er if you like.'

Eisteddodd Richards yn union o flaen yr hen wraig a dweud yn Gymraeg,

'Sut yr ydych chi, gyfeilles? A ydych yn teimlo'n weddol?'

Agorodd yr hen wraig ei llygaid ac edrych arno'n ddifywyd.

'Mm? Who are you?' meddai.

'Yr wyf yn siarad Cymraeg â chwi, hen wraig,' ebe'r Athro. 'A ydych yn medru Cymraeg?'

'Eh? I don't know you,' meddai'r hen wraig wedyn.

---

yn y briw: *in the wound*
llyw: *steering wheel*
Mi ddigwyddais: *I happened,* (digwydd)
cyffiniau: *neighbourhood*
medru Cymraeg: yn gallu (siarad) Cymraeg
yn hurt: yn syn
wedi colli'i phwyll: *had become insane*

ffwndro: *to get confused*
yn betrus: *hesitantly*
tafarn datws: siop sglodion
amneidio: *to gesticulate*
gwyro: plygu
hepian: *to doze*
budur, (G.C.): brwnt
diamynedd: *impatient*

142

Yna, gofynnais a gawn i drio. Cododd yr Athro, ac eisteddais innau yn ei le, a gafael yn nwy law yr hen wreigan. Yr oedd arnaf eisiau ei chlywed yn dweud gair o Gymraeg yn fwy na dim yn y byd, rhywun a fu byw yn fy nghyfnod i ac a fu'n siarad fy iaith i . . . Yr oedd arnaf eisiau'i chlywed yn dweud rhywbeth a ddangosai, nad oedd y fandaliaid wedi llwyr ddileu fy Nghymru i am byth, yn enwedig yn y Bala . . .

'Hen wraig,' meddwn i. 'Ydach chi'n gwbod hon? Triwch gofio.' Ac adroddais yn araf: 'Yr Arglwydd yw fy Mugail; ni bydd eisiau arnaf. Efe a wna imi orwedd mewn porfeydd gwelltog . . .' Caeodd llygaid yr hen wraig. Wel, dyna hi ar ben, meddwn i. Ond euthum yn fy mlaen. 'Efe a ddychwel f'enaid. Efe a'm harwain. . .' Yn sydyn, sylweddolais fod gwefusau'r hen wraig yn symud. Yr oedd hi'n adrodd y geiriau gyda mi. Agorodd ei llygaid, a daeth ei llais yn gryfach, gryfach . . . 'Ie, pe rhodiwn ar hyd Glyn Cysgod Angau, nid ofnaf niwed . . .' A phan ddaeth at eiriau ola'r Salm, fe'u dwedodd â grym yn ei llais a golau yn ei llygaid na welais beth tebyg na chynt na chwedyn. ''A phreswyliaf yn Nhŷ'r Arglwydd yn dragywydd'' . . . Pwy ydech chi, 'machgen i?' Trodd ei llygaid gloyw arnaf. 'Bachgen Meri Jones ydech chi? Maen nhw wedi mynd â cholofn Tomos Charles odd'wrth y capel, wyddoch . . . y Saeson 'ne ddaru . . .' Cydiodd ym mreichiau'i chadair a chodi'n syth ar ei heistedd. 'Y nhw ddaru, â'u hen sŵn a'u coed a'u regileshions . . . y nhw. . . But I don't know you, do I?' Suddodd yn ôl unwaith eto â'i llygaid yn pylu. 'I don't . . . know anything now . . .'

Codais, a mynd allan o'r ystafell. Yr oeddwn wedi gweld â'm llygaid fy hun farwolaeth yr iaith Gymraeg.

---

a gawn drio: *whether I could try,* (cael trio)
yr hen wreigan: *the old woman*
cyfnod: *period*
a ddangosai: *a fyddai'n dangos*
llwyr ddileu: *totally obliterate*
Yr Arglwydd . . .: (Salm 23)
ni bydd eisiau: *I shall not want*
porfeydd gwelltog: *green pastures*
dyna hi ar ben: *that's it finished*
Efe a ddychwel: *He restoreth*
f'enaid: *my soul*
pe rhodiwn: *though I walk,* (rhodio)

Glyn Cysgod Angau: *the Valley of the Shadow of Death*
nid ofnaf niwed: *I fear no evil*
grym: *force*
na chynt na chwedyn: *neither before nor since*
A phreswyliaf: *And I shall dwell*
yn dragywydd: *evermore*
gloyw: *shining*
y Saeson 'ne ddaru: *It was those English people who did it*
Y nhw ddaru: *It was they who did it*
pylu: *to dim*
marwolaeth: *death*

# PENNOD 35

Ar hyd y ffordd dywyll yn ôl drwy'r goedwig, nid oedd gan neb ohonom ddim i'w ddweud. Yr oedd Seeward, hyd yn oed, wedi synhwyro bod rhywbeth tristach yng nghefn y dafarn datws honno nag a wyddai ef. Yr oedd yr Athro'n fud. Yr oeddwn innau â'm pen yn fy nwylo, yn ddall ac yn fyddar i bopeth, y tu draw i dristwch.

Yn sydyn, gwelsom ddau feic modur yn dod tuag atom. Safodd y ddau ychydig o'n blaenau, ac amneidiodd gyrrwr un ohonynt ar Seeward i sefyll.

'Heddlu'r Goedwigaeth,' ebe Seeward, gan stopio'r cerbyd.

Gosododd y ddau heddwas eu beiciau modur i bwyso ar fonion dwy goeden, a dod at y car.

'Pnawn da, Mr.Seeward,' meddai un ohonynt yn Saesneg. Yr oedd ganddo dair streipen ar ei lawes. 'Ar ein rownd yr ydyn ni. Unrhyw beth i'w riportio?'

'Dim, Ringyll,' meddai Seeward. 'Popeth yn edrych yn dawel iawn.'

'Campus. Pwy ydi'r dynion sy gyda chi?'

'Perthynas imi, a chyfaill.'

'Oes ganddyn nhw bermits i ddod i'r goedwig?'

'Nac oes.'

'Fe ddylai fod.'

'Fi yw Dirprwy Brif Arolygydd y fforest hon, ac maen nhw gyda mi. Ydi hynny ddim yn ddigon?'

'Nac ydi, mae arna i ofn. Fe fydd raid inni'u cymryd nhw i mewn. A chithau hefyd, Mr. Seeward.'

'*Beth* ddwedsoch chi?' ebe Seeward.

'Maen nhw wedi torri'r gyfraith wrth ddod i mewn i'r fforest heb bermit swyddogol y Llywodraeth, ac rych chithau wedi

---

synhwyro: *to sense*
nag a wyddai ef: nag oedd ef yn gwybod
yn fud: ddim yn dweud dim
yn ddall: ddim yn gallu gweld
yn fyddar: ddim yn gallu clywed
y tu draw: *beyond*

amneidiodd: *motioned,* (amneidio)
heddwas: plismon
bonion: *trunks*
llawes: *sleeve*
Rhingyll: *Sergeant*
Dirprwy: *Deputy*
Prif Arolygydd: *Chief Superintendent*

torri'r gyfraith wrth ddod â nhw. Mae hyn yn mynd i gostio'n ddrud ichi, Mr. Seeward. Eich job, rwy'n ofni . . . '

'Nawr, edrychwch yma . . . '

'Allan o'r car, os gwelwch chi'n dda. Cwnstabl, wnewch chi gael car 33X ar eich set radio? Fe ddylai fod yn ymyl *Ruin 21* . . . '

Cyn gynted ag y trodd y rhingyll ei ben, taniodd Seeward y car a'i gychwyn. Neidiodd y cwnstabl o'i ffordd. Ac yna clywais ergydion. Siglodd y car i'r de a'r aswy fel meddwyn ac yna stopio.

'Maen nhw wedi saethu'r olwynion,' ebe Seeward.

Clywsom sŵn traed y ddau blisman yn rhedeg ar ein holau.

'Os colla i fy swydd,' ebe Seeward 'fydd fy mywyd i ddim gwerth ei fyw. Ac amdanoch chi'ch dau—dyn a ŵyr beth wnân nhw i chi. Does dim ond un peth amdani.'

Llamodd i gefn y car, a thynnu offeryn gloyw o'i soced. Gwelais y llythrennau breision: DEATHWIND.

'Na, Philip, nid hwnna!' ebe'r Athro.

Ond yr oedd Seeward wedi agor drws cefn y cerbyd. Clywais su fel hisiad gwynt, a sgrech. Troais fy mhen, ac yr oedd y ddau blisman yn gwingo ar y ffordd. Rhoddais fy nwylo ar fy llygaid.

Pan agorais hwy, yr oedd Seeward yn rhythu ar y ddau gorff marw ar y ffordd ac ar y chwistrell angeuol yn ei ddwylo.

'Rydych chi wedi'u . . . llofruddio nhw?' ebe'r Athro.

'Peidiwch â dweud y gair yna!' arthiodd Seeward. Ac yna, yn dawelach, 'Ni wyddoch faint o lofruddio sydd yn y wlad yma heddiw. Mae deunydd llofrudd ym mhawb erbyn hyn. Ac mae pawb mewn perygl o'i lofruddio. Dowch. Helpwch fi. Powel, ewch chi â'r ddau feic modur yna a'u taflu i rywle yn y coed. Mi geisiaf fi guddio'r cyrff.'

---

| | |
|---|---|
| Cyn gynted ag y trodd: *As soon as the sergeant turned* | su: *sigh* |
| | gwingo: *to writhe* |
| ergydion: *shots* | rhythu: *to stare* |
| aswy: *left* | corff/cyrff: *body/bodies* |
| meddwyn: *drunkard* | chwistrell: *syringe* |
| ar ein holau: *after us* | angeuol: *deadly* |
| ddim gwerth ei fyw: *not worth living* | llofruddio: *to murder* |
| dyn a ŵyr: h.y. *goodness knows* | arthiodd: *barked*, (arthio) |
| Llamodd: neidiodd, (llamu) | Ni wyddoch: Dydych chi ddim yn gwybod |
| offeryn: *instrument* | |
| gloyw: *shining* | deunydd: *material* |
| breision: bras, mawr | llofrudd: *murderer* |

Ni ddaeth i'm meddwl ar y funud fy mod yn helpu llofrudd. Yr oedd arnaf ormod o ofn i ddim ond ufuddhau. Euthum â'r ddau feic modur bob yn un i berfedd y coed, a chrafu swp o frigau a nodwyddau pin drostynt. Pan euthum yn ôl at y cerbyd yr oedd Seeward yn llusgo'r ail gorff i'r goedwig.

Daeth yn ei ôl toc. Archwiliodd yr olwynion.

'Dim ond yr olwynion ôl sy wedi'i chael hi wrth lwc. Mae genny ddwy olwyn sbar. Helpwch fi, Powel.'

Yr oedd yr ychydig funudau y buom wrthi'n newid yr olwynion fel oes. Edrychai Seeward dros ei ysgwydd bob munud rhag ofn fod rhywun yn dod. Byddai i rywun ein gweld yn y fan honno yn ddigon. Byddai ar ben arnom. Ar ben yn llwyr. Chwysais wrth ddisgwyl i Seeward roi'r trofeydd olaf i sgriwiau'r olwynion.

O'r diwedd, gorffennwyd y gwaith. Aethom ein tri i'r car, a chychwyn. Gyrrodd Seeward fel gorffwyll. 'Os gallwn ni fod yn Nolgellau mewn pum munud,' meddai, 'a'n dangos ein hunain, fe allai hynny wneud alibi inni.'

Saethodd y car drwy'r coed, a minnau'n gweddïo na ddôi dim i'n cyfarfod. Troi i'r dde yma, i'r aswy acw, a'r olwynion yn gweiddi ar y trofeydd. Yna, rhibyn arall o ffordd hir, ac wedi rowndio'r tro ym mhen draw hwnnw, dod i olwg porth y goedwig. Arafodd Seeward rhag tynnu amheuaeth y porthor.

Daeth y porthor o'i gwt, gweld Seeward, a saliwtio. Agorodd y porth o'n blaenau, ac wrth inni lithro allan i'r briffordd mi ddiolchais, beth bynnag arall oedd yn f'aros, fy mod allan o'r goedwig uffernol honno am byth.

Chwipyn wedyn nad oeddym yng ngolwg Dolgellau.

Stopiodd Seeward y cerbyd ar y sgwâr.

'Fe ddaethom mewn chwe munud,' meddai. 'Yn awr. Rhaid inni'n dangos ein hunain. Ewyrth, ewch chi i'r Post i brynu

---

| | |
|---|---|
| ufuddhau: *to obey* | trofeydd: *twists/turns* |
| perfedd: *canol* | fel gorffwyll: *like mad* |
| swp: *heap* | na ddôi dim: na fyddai dim yn dod |
| nodwyddau pin: *pine needles* | aswy: chwith |
| Archwiliodd: *(He) examined,* | rhibyn: *stretch* |
| (archwilio) | amheuaeth: *suspicion* |
| fel oes: *like an age* | porthor: *porter* |
| Byddai ar ben arnom: *We'd be finished* | cwt: sied |
| Ar ben yn llwyr: *Absolutely finished* | chwipyn: h.y. mewn dim amser |

stamp. Powel, ewch chi i'r siop fferyllydd acw dros y ffordd i brynu blwch o dabledi peswch. Oes gennych chi arian?'

'Dim dimai.'

'Dyma chi. Ac mi af finnau i swyddfa Heddlu'r Goedwigaeth. Hyfdra yw'r polisi gorau. Ac un cyngor arall. Ewch yn hamddenol, fel pe na bai dim yn y byd ar eich meddwl. Ond ewch heb golli amser. Dowch yn ôl i'r car yn union. Ewch nawr.'

Euthum, yn ôl gorchymyn Seeward, i'r siop fferyllydd dros y ffordd, â'r arian yn fy llaw. Agorais y drws, ac edrych o'm cwmpas. Siop lawn, ddigon tebyg i siop fferyllydd yn fy nghanrif i. Ac yna, sefais fel dyn wedi'i saethu. Y tu ôl i'r cownter, yn edrych arnaf, yr oedd Mair Llywarch.

Sefais am eiliad â'm cefn ar y drws i'm hadfeddiannu fy hun. Ac yna croesais ati.

'Mair, 'nghariad annwyl i, rydw i wedi dod o hyd ichi o'r diwedd ...'

Rhythodd arnaf, â pheth dychryn yn ei dau lygad mawr.

'Who ... who are you?' meddai.

Rhoddais ddau a dau at ei gilydd. Wrth gwrs, ni fedrai hithau ddeall iaith a oedd wedi marw. Ni fedrai hithau Gymraeg, mwy na neb arall. Ond Mair oedd hi, doedd genny ddim amheuaeth. Llais Mair oedd ganddi.

'Mair, I've been searching everywhere for you... You *are* Mair Llywarch, aren't you?'

'Certainly not. My name's Maria Lark, although, that's no business of yours.'

'But you *are* Mair. I'm positive you are. And I love you...'

Fel mellten, gwelais hi'n estyn dan y cownter, a chlywais gloch y tu allan yn y stryd.

'What's that?' meddwn i.

'I don't know whether you're a burglar or just plain mad, but we'll soon see.

---

Hyfdra: *boldness*
yn hamddenol: *leisurely*
fel pe na bai dim: *as if there was nothing*
gorchymyn: *command*
i'm hadfeddiannu fy hun: *for me to recover*

Rhythodd: *She stared,* (rhythu)
dychryn: ofn mawr
Ni fedrai Gymraeg: Doedd hi ddim yn gallu (siarad) Cymraeg
Fel mellten: *Like lightning*

'But you *are* Mair . . .'

Ar hynny agorodd y drws, ac yr oedd plisman yn sefyll yno.

'This man's molesting me,' ebe'r ferch. 'Will you take care of him?'

'Certainly.'

Croesodd y plisman ataf, a thra oeddwn yn hurt gan sydyn-rwydd popeth, yr oedd wedi rhoi gefynnau am fy nau arddwrn. Aeth drwy fy mhocedi a thynnu allan fy ngherdyn adnabod dros-dro. Rhythodd ar hwnnw a gofyn imi'i egluro. Eglurais innau fy mod o'r ugeinfed ganrif. . .

'Stop lying,' meddai. 'Let's have the truth.'

Taerais fy *mod* yn dweud y gwir.

'We'll get it out of you, don't worry. Come on.'

Wrth i'r plisman fy ngwthio drwy'r drws, troais fy mhen i edrych unwaith eto ar y ferch. Yr oedd mor debyg i Mair.

Llusgodd y plisman fi i'w ganlyn ar draws y sgwâr. Gwelais Seeward a'r Athro yn eistedd yn y car yn disgwyl amdanaf, ac yn rhythu. Ni chymerais unrhyw sylw ohonynt rhag taflu amheuaeth arnynt hwythau. Clywais y car yn cychwyn, a gyrrodd fy nau obaith i ffwrdd gan fy ngadael i wynebu 'nhynged. Ni welwn fai arnynt. Yr oedd eu perygl hwy yn fwy, wedi'r cyfan, na'm perygl i.

Wedi rhagor o holi yng ngorsaf yr heddlu, aeth y plisman â mi i lawr i'r celloedd. Taflodd fi'n ddiseremoni i'r unig gell wag oedd yno, a chlodd y drws ohono'i hun. Yr oedd rhywbeth ofnadwy derfynol yn y cloi hwnnw. Nid oedd gennyf ddim i'w wneud bellach ond eistedd neu orwedd ar y fainc galed i wrando ar riddfan a grwgnach y carcharorion yn y celloedd o boptu. Dim bellach i'w wneud, ond disgwyl.

---

Ar hynny: *At that point*

yn hurt: *dazed*

sydynrwydd: *suddenness*

gefynnau: *handcuffs*

garddwrn: *wrist*

dros-dro: *temporary*

Rhythodd: *(He) stared,* (rhythu)

egluro: *to explain*

Taerais: *I insisted,* (taeru)

i'w ganlyn: *ar ei ôl*

amheuaeth: *suspicion*

tynged: *fate*

Ni welwn fai: *I couldn't blame*

clodd . . . hun: *the door locked of its own accord*

terfynol: *final*

mainc: *bench*

griddfan: *groaning*

grwgnach: *grumbling*

o boptu: *o gwmpas*

148

## PENNOD 36

Trawodd cloc y dref naw o'r gloch. Yr oeddwn yno ers chwe awr, ac ar wahân i'r heddwas a ddaethai â the imi, nid oeddwn wedi gweld undyn byw. Ond yr oeddwn wedi clywed digon. Yr oeddwn yn rhy ddiobaith i ddim.

Naw o'r gloch ... Rhywsut, drwy'r boen yn fy meddwl, drwy'r anobaith, mi gofiais rywbeth. Mi gofiais am Tegid a Doctor Heinkel, y ddau yn rhydd yn fy oes fy hun, ac yn dyfalu ble roeddwn a sut yr oedd hi arnaf. Ac mi gofiais am Doctor Heinkel. Gallwn glywed ei lais yn dweud, fel y dywedodd cyn imi'i adael:

'Fe all fod yn anodd ichi ddod yn ôl. Rhag ofn y byddwch chi mewn unrhyw anhawster, mi fyddaf fi yma yn y stafell hon rhwng naw a deg bob nos, yn canolbwyntio arnoch chi. Os byddwch chi am ddod yn ôl, ac yn methu cael help i hynny, canolbwyntiwch chithau arnaf fi yn y stafell hon yr un adeg o'r nos—rhwng naw a deg. Canolbwyntiwch, ewyllysiwch, yn galed. . .'

Ond efallai mai dychmygu'r oeddwn. Yr oedd dyn mewn anobaith yn dychmygu'i fod yn clywed lleisiau, yn cofio geiriau. Pa siawns oedd gennyf fi i gychwyn o'r gell hon ar draws pedwar ugain mlynedd o amser, heb na Doctor Heinkel na Doctor Llywarch na neb i'm gwthio i'r dwfn pedwar-dimensiwn? Doedd waeth imi ganu i geisio chwalu muriau'r gell na meddwl am lwyddo yn y fath antur.

Ar y llaw arall, ni fyddwn ddim gwaeth o drio. Doedd genny ddim arall i'w wneud, dim ond disgwyl. A disgwyl am beth, ni wyddwn. Rhagor o holi, yn siŵr. Llys, hwyrach. Carchar, o

---

ar wahân i: *apart from*
a ddaethai â the: oedd wedi dod â the, (dod â)
undyn byw: *a living soul*
dyfalu: *to guess*
canolbwyntio: *to concentrate*
ewyllysiwch: *to will*
dychmygu: *to imagine*

Doedd waeth imi ganu: *I might as well sing*
chwalu: *to smash*
ni fyddwn ... drio: *I wouldn't be worse off trying*
hwyrach, (G.C.): efallai

149

bosib. Ar y gorau, ni allwn byth obeithio dianc yn groeniach. A phe gallwn ddianc neu fynd yn rhydd, beth wedyn?

Croesais at y fainc galed, a gorwedd arni. Ni fyddwn ddim gwaeth o drio. Ceisiais ymlacio'n llwyr, bob giewyn, bob nerf ohonof. Felly y dysgodd Doctor Heinkel fi. Yr oedd yn anodd ymlacio ar (fainc) mor galed. Daliais ati, dal i lacio, a dechrau meddwl am barlwr Tegid a Doctor Heinkel yn eistedd ynddo. Dychmygwn ei weld yno, yn rhythu arnaf, yn cronni'i ewyllys arnaf, yn fy nhynnu... Ac yna—tybiwn mai fy nhwyllo fy hun yr oeddwn, ond yr oedd y teimlad mor fyw—fe'm teimlwn fy hun yn cael fy nhynnu fel gan fagnet, a pho fwya'r ewyllysiwn i, mwya'n y byd oedd y tynnu arnaf. Eisoes, yr oedd y gell o'm cwmpas yn llithro oddi wrthyf, fy mhen yn troi...

Yna, agorodd drws y gell.

'Come on you, you're wanted.'

Agorais un llygad, a gweld y plisman a ddaeth â mi i mewn yn sefyll yno. Ni symudais na llaw na throed. Yr oeddwn mewn artaith. Yr oedd y tynnu o'r anwel wedi cloi fy nghyneddfau, ac yr oedd gorchymyn y plisman wedi rhoi cnoc i'm hymennydd.

'You heard!' gwaeddodd y plisman.

Ac yna, daeth tuag ataf.

Y peth olaf a gofiaf yw gweiddi 'Doctor Heinkel' dros y lle, a cheisio rhoi llam. Diflannodd y plisman, y gell, popeth. Fe'm clywais fy hun yn cael fy nghipio fel gan drowynt. Ac aeth yn fagddu arnaf.

---

Ar y gorau: *at best*
yn groeniach: *scot-free*
pe gallwn: 'taswn i'n gallu
giewyn: *sinew/tendon*
cronni: casglu
ewyllys: *will*
tybiwn: meddyliais, (tybio)
twyllo: *to deceive*
fe'm teimlwn: roeddwn i'n teimlo
po fwya'r ewyllysiwn: *the more I willed*
mwya'n y byd: *the greater (in the world)*
oedd y tynnu arnaf: *I was being pulled*

Eisoes: yn barod
mewn artaith: *suffering greatly*
yr anwel: *the invisible*
cyneddfau: *faculties*
ymennydd: *brain*
llam: naid
Diflannodd ... : ... *disappeared,*
  (diflannu)
cipio: *to snatch*
trowynt: *whirlwind*
Aeth yn fagddu arnaf: h.y. *Things went black*

## PENNOD 37

Mi wn erbyn hyn imi fod yn anymwybodol am ddau ddiwrnod. A'i bod yn syndod fy mod yn fyw o gwbwl. Pan ddeuthum i wybod amdanaf fy hun, yr oeddwn yn fy ngwely yn nhŷ Tegid, ac yntau a Doctor Heinkel yn syllu'n bryderus wrth fy mhen.

Y peth cyntaf a wneuthum oedd beichio crio fel merch. Yr oedd gwybod fy mod yn rhydd ac ymhlith cyfeillion, ar ôl y ddau ddiwrnod enbyd yn y 'Lloegr Gorllewinol', yn fwy nag y gallwn ddal. Clywais Doctor Heinkel yn gollwng ochenaid.

'Diolch i Dduw!' meddai. 'Mae'r bachgen allan o'r coma. Fe fydd yn iawn yn awr.'

Cydiodd Tegid yn fy llaw. Trodd at Doctor Heinkel. 'Ydech chi'n fodlon ar eich *K Eins,* Doctor?'

'Ond mi geisiais ei rybuddio,' meddai Doctor Heinkel. 'Fe wyddoch imi'i rybuddio'n ofer. Fe fynnodd fynd.'

'Ond fe allech fod wedi dweud wrtho beth i'w ddisgwyl.'

'Sut y gallwn i? Ni wyddwn i beth oedd yn aros y bachgen. Y cyfan a wyddwn i oedd y *gallai* fynd i ddyfodol gwahanol. Dyna i gyd.'

'Does dim bai arnoch chi, Doctor Heinkel,' meddwn i, wedi tawelu tipyn. 'Mi fynnais fynd, am fod arna i isio gweld Mair Llywarch eto.' Troiais at Tegid a dweud, 'Mae'r iaith Gymraeg yn mynd i farw, 'rhen Degid. Yn fuan. Ddaw Cymru byth yn rhydd. Mae 'na filiwn o Saeson yn dŵad, a . . .'

'Nawr, Ifan.' Yr oedd Doctor Heinkel wedi codi ac wedi rhoi'i law ar fy nhalcen. 'Y peth cyntaf y mae'n rhaid i chi'i wneud yw cymryd rhywbeth i'w fwyta.'

Bwyteais bryd bychan, ac wedi imi orffen, eisteddodd Tegid a Doctor Heinkel un o boptu'r gwely, Doctor Heinkel â'i lyfr ar ei lin a'i bensel yn ei law. Dechreuais ar fy stori.

---

yn anymwybodol: *unconscious*
A'i bod yn syndod: *And that it was amazing*
Pan ddeuthum: Pan ddes i, (dod)
yn bryderus: *worriedly*
a wneuthum: a wnes i, (gwneud)
beichio crio: crio'n ofnadwy
ymhlith: *amidst*

enbyd: ofnadwy
yn gollwng ochenaid: *sighing*
rhybuddio: *to warn*
yn ofer: *in vain*
Fe fynnodd: *It was he who insisted,* (mynnu)
pryd bychan: *a light meal*
un o boptu: un bob ochr

Pan orffennais, yr oedd wedi tywyllu. Cododd Tegid a rhoi'r golau, a thynnu'r llenni dros wyneb y nos. Rhoes Doctor Heinkel ei lyfr i lawr.

'Nawr, Ifan, rydych chi'n meddwl mai breuddwyd oedd y Gymru gyntaf yr aethoch chi iddi, y Gymru lawen, ac mai'r llall, y Gymru annymunol, fydd y ffaith.'

'Ydw,' meddwn i.

'Rydych chi'n methu. Fe gofiwch imi ddweud wrthych y noson y gwelais chi gyntaf y gall fod mwy nag un dyfodol yn bosibl? Y gall dyn roi naid dros y blynyddoedd a gweld un o lawer dyfodol yn yr un pwynt mewn amser?'

'Yn cofio'n iawn.'

'Wel, dyna chi wedi gweld y peth drosoch eich hun. Fe welsoch ddau ddyfodol posibl. Dau fywyd sy'n bosibl yng Nghymru yn y flwyddyn 2033. Fe allech fod wedi gweld dyfodol arall eto. Fe allech fod wedi mynd i blaned farw, Cymru wedi'i chrino gan ryfel atomig a radio-egni'n llond yr awyr. Wrth gwrs, pe baech chi wedi glanio mewn Cymru felly, fyddech chi byth wedi dod yn ôl. Fe fuoch chi'n ffodus.'

'Do, mae'n debyg.'

'Dyma sy arnaf i eisiau'i ddweud, Ifan. Mae'r ddau ddyfodol a welsoch chi i Gymru'n bosibl. Mae Cymru siriol, lewyrchus, Doctor Llywarch—a Mair—yr un mor bosibl â Chymru ddi-Gymraeg Richards a Seeward a hen wraig y Bala. Os gadewir i bethau fynd ymlaen fel y maen nhw heddiw, efallai na fydd Cymru ymhen 80 mlynedd yn ddim ond ''Lloegr Orllewinol'' Seeward, yn llynnoedd ac yn wersylloedd ac yn goedwigoedd i gyd. Ond os penderfynwch chi a'ch cyd-Gymry mai'r Gymru arall fydd y Gymru wir, a gweithredu ar unwaith, fe fydd Doctor Llywarch yn darlithio ar wyddoniaeth yn Gymraeg, ac fe fydd Mair yn actio ar Lwyfan Theatr Genedlaethol Cymru. Mae Cymru 2033 yn dibynnu arnoch chi, a Tegid, a'ch teuluoedd a'ch cyfeillion a'u teuluoedd hwy a chyfeillion y rheini, o Gaergybi i Gaerdydd. Chi Gymry, a chi'n unig, sydd i ddewis.'

---

anymunol: *unpleasant*

gwneud camgymeriad
wedi'i chrino: *having been withered*
pe baech: 'tasech chi

siriol: *cheerful*
llewyrchus: *prosperous*
Os gadewir i bethau: *If things are left,*
  (gadael)
gweithredu: *to take action*

Gwyrais yn ôl ar y gobennydd, ac euthum yn fy meddwl eto i Gymru'r Llywarchiaid. Daeth y Cymry siriol hynny o flaen llygad fy meddwl: chwarelwyr Bethesda a glowyr Nantgarw a ffatrïwyr Meirion yn berchnogion eu gweithfeydd, y llysgenhadon Baecker a Telting yn dod â'r byd i Gymru ac yn mynd â Chymru i'r byd, Gwern Tywi â'i ffilm o'r lleuad, y siopwyr a'r ffermwyr, y gweinidogion, hyd yn oed y Crysau Porffor, a oedd mor ddiniwed o'u cymharu â'r *platoons* melltigedig; Doctor Llywarch. A Mair . . .

Codais ar fy eistedd.

'Roeddwn i'n caru Mair,' meddwn i. 'Ond os na cha i hi'n wraig i mi, rydw i'n benderfynol y bydd hi'n wraig i un o'm hwyrion neu 'ngorwyrion i.'

Rhoes Tegid winc ar Doctor Heinkel, a chododd y ddau. Aethant allan ar flaenau'u traed, a diffodd y golau wrth fynd. Ni fûm fawr o dro nad oeddwn yn cysgu'n drwm. A'r noson honno mi freuddwydiais fy mod yn sefyll mewn tyrfa fawr, a thân gwyllt yn ariannu'r awyr, a'r dyrfa'n torri i ganu am fod Cymru wedi dod yn rhydd.

---

Gwyrais: plygais, (gwyro)  
gobennydd: *pillow*  
diniwed: *harmless*  
o'u cymharu â: *compared with*  
melltigedig: drwg ofnadwy  

os na cha i: *if I don't get,* (cael)  
gorwyrion: *great-grandchildren*  
Rhoes: Rhoiodd, (rhoi)  
Ni fûm fawr o dro: Fues i ddim yn hir  
ariannu: gwneud yn debyg i arian